KB110361

가족사진

가족사진

펴낸날 | 2023년 11월 15일

지은이 | 전 경 해
펴낸이 | 허 복 만
펴낸곳 | 야스미디어
등록번호 제10-2569호

편 집 기 획 | 디자인드림
표지디자인 | 디자인일그램

주　소 | 서울시 영등포구 영중로 65, 영원빌딩 327호
전　화 | 02-3143-6651
팩　스 | 02-3143-6652
이메일 | yasmediaa@daum.net
I S B N | 979-11-92979-07-6(13800)

정가 15,000원

이 도서는 강원특별자치도, 강원문화재단 후원으로 발간되었습니다.

포토에세이

가족사진

전경해 지음

YAS야스

책을 열며

이 책은 기억으로 수 놓은 조각보입니다. 올 3월 강원문화재단의 '생애 첫 예술지원'에 선정돼 책을 펴내게 됐습니다. 막상 멍석을 깔아 주자 '이런 글을 펴내도 될까?' 하는 부끄러움이 앞섰습니다. 늦깎이 신문 기자가 되어 10여 년 동안 강원다문화복지신문에 실었던 포토에세이를 책으로 엮었습니다. 어떤 장소나 풍광, 음악, 소리 등은 기억을 소환하는 힘이 있어 포개져 있던 기억이 들춰지곤 합니다. 사진 한 장으로 기억되는 유년, 냄새와 맛으로 떠올려지는 이야기들을 모았습니다.

유년을 풍성하게 기억할 수 있는 것은 부모님과 실타래처럼 엮였던 피붙이들로부터 받은 사랑 덕분이었습니다. 수년 전 암 투병으로 지쳐있던 어머니께 포토에세이 십여 편을 인쇄해 드렸습니다. 병을 이겨내시라는 간절함이 닿았던지 그로부터 5년을 더 사셨습니다. 60이 훌쩍 넘어 생애 첫 책을 내놓습니다. 오래된 집을 수리해 새 가구를 들여놓은 기분입니다. 그 집은 사람의 기척과 손때가 묻어있습니다. 담장 너머로 텃밭이 보이고 오래 자란 나무도 있습니다. 지워지지 않는 풍경, 오래돼 더 아름답게 채색된 기억들이 같은 세대를 살아 온 사람들의 포토에세이가 되길 바랍니다.

글쓰기를 가르치고 지켜봐 주신 은사 이영춘 시인님, 늘 따뜻한 격려로 힘을 실어주신 임양숙 수필가, 과분한 축사로 용기를 주신 치운 이공우 시인, 사진가 이인호님께 감사드립니다. 이 책이 부부의 연을 소중하게 여기고 아낌없이 사랑해준 남편, 아들 내외와 손녀들, 시간을 나눈 친지들과 50년 지기 친구들의 응원과 사랑에 대한 보답이 되길 바랍니다. 돌아가신 부모님께, 출판을 진심으로 축하해 준 시누이와 동생에게 고마운 마음을 전합니다. 이 모든 감사의 텃밭이 되어주신 하나님께 마음을 다해 감사합니다.

2023년 11월
전경해

전경해

1957년 춘천에서 태어나 초중고를 나왔다. 2010년 2월부터 강원다
문화복지신문 기자로 활동하고 있다. 같은 해 4월부터 인터넷 뉴스
'더리더'에서 프리랜서로 활동 중이다.

E-mail : dejavu0057@gmail.com
블로그 : 언니야 누나야 여행가자(https://blog.naver.com/sun226636)

'싱그러운 나상(裸像)'에 대한 '쑥스러운 고백'…(?)

치운(治雲) 이공우

처음 만났을 때, 이분은 사진작가였습니다. 카메라 렌즈를 작동하는 민첩함이나 세련됨과는 달리, '조금은 굼뜨고 마를듯한 말씨'가 꽤 진한 느낌으로 남았었지요. 그 후로 많은 시공간이 바뀐 뒤에서야 그의 글을 처음 접하게 됐는데, 놀랍게도 내가 받았던 그이의 '첫인상'이 글 속에도 그대로 배어있는 것이었습니다. 뭐랄까… 시골 여고생의 막연한 동경(憧憬)과 연민(憐憫), 수줍음과 순결함, 번민과 달관 같은 것이라면 적당할까요? 남들로부터 전해 들은바, 문학소녀로 사랑받았다던 여학교 시절의 습작들, 나이 들어 수상했다는 여러 문화제 백일장의 글들이 어떠했을지, 충분히 짐작할 것 같았습니다. 때 묻지 않은 여학생의 깊은 사색과 통찰, 거기에서 스스로 내는 소리의 맑고 고운 울림, 이를 표현하는 절제된 언어의 연금 같은 것들 말입니다. 〈가족사진〉은 그런 조각들의 모음입니다. 상상이 되시나요? 환갑을 훌쩍 넘긴 시골 아낙이 여태껏 간직하고 있는 학창시절의 푸르른 성정, 그리고 그 '싱그러운 나상'에 대한 '쑥스러운 고백' 같은 게 어떤 것일지…(?). 안타깝게도, '아름답다'는 말보다 더 좋은 표현을 알지 못합니다.

〈가족사진〉은 '사진 에세이'입니다. 이런 유형의 책을 종종 만납니다만, 보통은 이종(異種) 작가들 간의 상호 교류·교감의 결과물이었던 경우가 내가 보아온 대부분이었습니다. 그런 면에서도 이 책은 특별합니다. 작가가 사진을 찍고, 이를 주제로 에세이를 썼습니다. 단지 사진에 대한 설명(caption)이 아니라, 작가적 메타포(metaphor)가 담긴 에세이로 사진을 음미하는 방식입니다. 그 100여 편의 작품에 흐르는 맥은 '가족'이라는 큰 강물에서 서로 만납니다. 사실주의(realism)의 진수인 사진을 통해 이런 상상력이나 이상화를 추론해낼 수 있다는 것이 정말 놀랍습니다. 더욱 경이로운 것은, 그 많은 작품의 수미(首尾)가 서로 일관된 맥락성을 가지게 작업을 했다는 점입니다. 사진작가로서의 예리한 눈, 수필가로서의 깊은 지성에 그저 탄복하면서도, 책에 담긴 그의 수고와 노력에 경의를 표할 수밖에 없습니다.

'에세이(essey)'를 일컬어, 흔히 '붓 가는 대로' 쓰는 글로 해석하는 것은, '수필(隨筆)'이라는 글자의 뜻을 그대로 옮긴 것이라고는 하지만, 참으로 유감이 아닐 수 없습니다. 물론, 그런 덕택에 수필 문학의 지평이 넓혀지고, 그 생태계가 풍성할 수 있었던 점을 부정하기는 어렵습니다. 그럼에도 불구하고, 수필의 지고지순한 예술성이 훼손되는 측면까지를 참아내기는 힘듭니다. 이 장르의 정수(頂首)에 몽테뉴의 〈수상록〉, 데카르트의 〈방법론〉, 카뮈의 〈시지프(Sisyphe)의 신화〉, 소로의 〈월든〉 같은 걸작들이 있다는 점을 잊어서는 안 됩니다. 형식은 자유롭되 서사성과 서정성이 담겨야 하고, 개성적이고 자조적이되 예술적 가치로 객관화되어야만 합니다. 어떤 제재(製材)도 다 담을 수 있는 그릇이지만, 그것이 작가의 사유와 성찰과 인고에 의해 숙성되지 않고서는 문학적 자성(自性)을 지닐 수 없다는 점을 인식할 때, 비로소 하나의 수필이 탄생할 수 있는 것입니다. 에세이의 이런 본질적 관점에서도, 〈가족사진〉의 완성도를 상찬하지 않을 수 없습니다. 작품 하나하나마다 보는 이의 심경(心境)과 부딪치기도 하고 공감하기도 하면서, 자신도 모르게 저절로 고개를 끄덕이고 미소 짓게 됩니다.

한 가지 덧붙이고 싶은 말씀은, 나를 이 책의 첫 독자로 불러준 점에 대한 소회입니다. 보통 어느 자리에 초청받아가면 '자리를 빛내주셔서 영광'이라는 인사를 받습니다만, 이번은 그 반대의 경우입니다. 나처럼 부족함이 많은 사람을 이런 자리에 불러주신 점에 108배로 고마움의 인사를 올립니다. 작품의 훌륭함에 혹시라도 '폐가 되지 않을까' 우려하는 마음을 애써 감추면서, 거듭 〈가족사진〉의 출간을 축하드리고, 작가의 더욱 빛나는 내일을 축복합니다.

치운 이공우_ 시인, 한림대 연구교수, (사)강원도사회문화연구소장

사람 냄새나는 이야기

잘 찍은 사진은 많으나 좋은 사진은 드물다. 좋은 사진은 마음으로 보는 사진이다. 보고만 있어도 마음을 편하게 하는 사진. 그냥 그렇게 넋 놓고 바라보게 하는 사진. 그런 사진이 좋은 사진이다.

전경해 작가의 작품은 화려하지 않다. 그의 수줍은 시선에는 화려함보다 진솔함이 가득하다. 전 작가의 시선은 늘 삶을 향하고 있다. 일상에서 묻어나는 삶이 있고, 자연을 바라보는 세밀함에도 삶이 담겨있다. 마음을 움직이는 사진은 화려함에 있지 않다. 은은한 향이 감도는 맑고 소박한 국화차와 같다. 그래서 그의 작품은 늘 마음으로 바라보게 한다.

내가 전경해 작가의 글과 사진을 좋아하는 이유는 작품 하나하나 노을빛에 흔들리는 작은 추억의 조각들을 소환하기 때문이다. 전 작가의 사진은 그냥 바라보기만 해도 절로 미소 짓게 만들고, 글은 읽는 내내 그리움이 묻어난다. 어디선가 보암직한 사진들, 누구나가 느껴 봤을 그런 추억의 단편들이 어우러져 한 편의 동시와도 같다.

나이를 먹는다는 건, 저물어 가는 게 아니라 익어간다는 것이다. 더욱더 노련해지고 유연해진다. 미련이나 욕심이 무슨 의미가 있을까? 고집도 무뎌

진다. 전경해 작가는 그렇게 사진과 글 속에서 익어가고 있는 것 같다. 그것도 탐스럽게 열린 홍시처럼.

어느덧 바람이 살가워진 가을이다. 이 가을 전 작가의 책을 품고 추억의 꿈이라도 실컷 꾸고 싶다. 누구라도 그렇게 가을밤에 수 놓인 추억의 별 하나하나를 만나 보길 기원한다.

사진가 이인호 춘천문화원, ENTA문화센터 사진강사

차례

1. 엄마의 봄 / 1

1. 숨바꼭질 / 2. 이런 봄 / 3. 나무에게 / 4. 정선장에서 / 5. 봄내 /
6. 털신/ 7. 엄마의 봄 / 8. 자전거 / 9. 봄날에 / 10. 3월 / 11. 봄 무지개 /
12. 3월 / 13. 봄비 / 14. 간고등어 / 15. 5월 즈음에 / 16. 봄이 온다 /
17. 고양이를 부탁해 / 18. 할머니 / 19. 금징어 / 20. 5월의 저수지 /
21. 비

2. 여름날의 갯가 / 45

1. 소양강 / 2. 봉숭아 / 3. 엄마는 외출중 / 4. 가족사진 /
5. 한여름 밤의 꿈/ 6. 6월 / 7. 철거 / 8. 가족관계 증명서 / 9. 어부바 /
10. 모심는 날 / 11. 미군 부대 / 12. 여행 / 13. 언덕밥 / 14. 소나기 /
15. 등목 / 16. 복실이 / 17. 다슬기 / 18. 소양강 2 / 19. 8월

3. 노을의 사람들 / 85

1. 사랑하는 그대에게 / 2. 메뚜기 / 3. 해거름에 / 4. 손맛 / 5. 식사 중 /
6. 김밥천국 / 7. 달밤 / 8. 소식 / 9. 가을걷이 / 10. 김장 / 11. 명절 /
12. 금연 유감 / 13. 따스함을 향해있다 / 14. 가을에 / 15. 이발소 /
16. 성묘 / 17. 찐만두 / 18. 가을 / 19. 이산가족 / 20. 골목 / 21. 단풍나무

4. 눈사람 / 129

1. 월정사에서 / 2. 번개탄 / 3. 불장난 / 4. 실연 / 5. 얼음판 / 6. 가족 /
7. 설날 특선영화 / 8. 그해 겨울 / 9. 도루묵 / 10. 떡 / 11. 설날 /
12. 도시락 / 13. 겨울 바다 / 14. 망태와 산타 / 15. 만두 / 16. 소양 1교 /
17. 눈 내리는 날에 / 18. 겨울나무 / 19. 빙벽을 오르며 /
20. 크리스마스 카드

5. 가만히 눈감고 / 171

1. 터널 앞에서 / 2. 멈춤 / 3. 만년필 / 4. 재봉틀 / 5. 얼굴 반찬 /
6. 나이 듦에 대하여 / 7. 책가방 / 8. 꽃보다 할매 / 9. 장수 사진 /
10. 누이 / 11. 사랑의 기억에 대하여 / 12. 새 신/ 13. 가난 때문에 /
14. 깻잎 / 15. 슬기로운 명절 보내기 / 16. 좋은 길 / 17. 코다리 /
18. 낙서/ 19. 옛친구 / 20. 새끼 / 21. 내 꿈은 종군기자

엄마의 봄

1

숨바꼭질

묵은 먼지를 털어내고 아이들을 맞았다. 개학과 입학이 미뤄져 때아닌 긴 봄방학을 보내야 하는 손주들이 왔다. 조카 손주들까지 합세해 열흘도 넘게 유치원처럼 복작거렸다. 숨바꼭질, 공기놀이, 보물찾기, 비눗방울 놀이.... 기억 저편의 온갖 놀이를 끄집어내는 즐거운 고민에 빠졌다. 학습지를 챙겨 보낸 엄마의 마음은 아랑곳없이 아이들은 놀이에 열중했다. 저녁나절엔 모두 흙강아지가 됐다.

찾아낼 때마다 "찾았다~!" 소리치는 아이들이 예뻐서 하루에도 몇 번 숨바꼭질을 했다. 천방지축 어린것이 언니들을 따라다니며 숨은 곳을 들키게 했다. 아이들은 저를 못 찾을까 봐 겁이 나는가 보다. 꿩처럼 엉덩이는 다 내놓고 얼굴만 숨긴 아이들이 키득거린다. 뻔한 장소에 숨은 아이들을 짐짓 모르는 채 "어디 숨었지? 여긴가? 저긴가?" 못 찾는 시늉을 했다. 참새처럼 웃으며 저 숨은 데를 알리고 만다. 나도 애들처럼 뻔한 장소에 숨어 술래가 찾아내기를 기다렸다. 개집 뒤에도 숨고 잎이 엉성한 겨울나무 뒤에도 숨었다.

코로나로 기억할 2020년의 봄날이 아이들에겐 놀이로 행복했던 유년의 뜰로 남을 것이다. 아이들이 숨었던 자리를 지나칠 때마다 햇살처럼 부서지던 웃음소리가 기억날 것 같다. 거울을 보니 봄볕에 얼굴이 까맣게 그을렸다.

2

이런 봄

미세먼지 경보로 휴대전화가 들썩였다. 먼지 많다는 경보음을 듣고 살
게 될 줄이야. 손에 잡히지도 않는 것이 탁한 시야를 만들었다. 내가 겪은 3
월은 이런 날들이 아니었다. 지나간 시간에 대한 관대함 때문만이 아니어도
봄을 맞는 3월의 풍경엔 없었던 일이다. 흙먼지를 일으켰던 봄바람엔 겨울
을 이겨낸 산 것들의 소망이 담겨있었다. 봄비에 이내 잦아들어서 땅을 기
름지게 만들었던 생명의 바람이었다. 경보음과 함께 온 봄엔 그 바람이 없
다. 무수한 먼지를 실어 나르는 공포의 봄바람이다. 들숨이 부담스러워 입
을 틀어막는다.

나의 작은 바람이 있다면 아이의 손을 잡고 숨 쉬는 것 따위는 염두에도
두지 않고 길을 나서는 것이다. 봇물처럼 터지는 봄기운을 눈으로, 몸으로
느껴보는 것이다. 그 길을 따라 마스크를 쓰지 않은 채 몽글몽글 꽃봉오리
가 터지는 오솔길을 걸어보는 것이다. 봄마다 누렸던 소소하고 작은 그 별
것 아닌 일상을 되찾는 일이다. '먼지' 따위를 걱정하지 않고.

3
나무에게

3년 전 심은 목련이 기대만큼 꽃을 피우질 않아 욕심을 냈다. 더 크고 탐스러운 꽃을 볼 요량으로 봄이 되기 전에 거름을 듬뿍 줬다. 봄이 다 가도록 꽃은커녕 이파리도 나오지 않았다. 산과 들은 이미 초록이 무성했다. 과하게 준 거름이 화근이라는 것을 며칠 전에야 알았다. 죽은 듯이 서 있는 나무가 안쓰러웠다. 겨울을 벗어나느라 들과 산이 온통 수런거리는 동안 나무는 살아남으려고 죽을힘을 다했을 것이다. 쌀비가 내린 다음 날, 죽었을 것 같았던 가지 끝에 좁쌀 같은 이파리가 돋아났다.

살아남으려고 꽃 없이 지낸 봄을 아쉬워할 사이도 없었을 거다. 유난했던 겨울을 지내며 꽃자리를 지켜 낸 너의 수고를 무엇으로 보상할 수 있을까. 나의 정원에 뿌리내렸어도 네가 나의 것이 아니었음을, 널 사랑해서가 아니라 큰 꽃을 보려던 내 욕심이 과했음을 고백한다. 바람과 비와 거저 주어지는 햇볕만으로도 이 계절을 누릴 수 있다는 것을 너의 상심한 봄이 지나고 나서야 알았다.

뜰의 목련처럼 자식을 키우며 상심의 봄을 겪게 한 것은 아니었을까? 지켜보기만 해도 될 것을 닦달하고 몰아세웠던 것은 아닐지. 꽃 없이 봄을 놓쳐버린 나무에게 미안한 5월이다.

4

정선장에서

겨우내 부는 매운바람을 견딜 재간이 없었다. 어디 엉덩이를 붙이고 앉을 만한 곳도 없어 난전 장사는 생각도 못했었다. 장이 열리고 서울서 사람들이 많이 올 것이라는 소식에 며칠 전부터 냉이며 달래를 캐 왔다. 이른 아침부터 미용실 앞에 터를 잡고 난전을 폈다. 냉이 달래 무말랭이 가지말랭이 호박 고자리.... 올망졸망 봉지마다 들에서 새로 난 것들과 겨울을 지낸 묵은 나물들이 담겨있다. 따사롭게 내려앉는 햇살을 맞으며 펴 놓은 보따리가 임자를 만나고 더러 남겨지기도 했다.

장사보다 사람 구경하는 것과 오랜만에 신명 나게 놀아보는 엿장수의 너스레가 더 재미나다. 마른 버드나무 가지를 잘라 새총을 만들어 파는 박씨 아저씨의 무용담도 겨우내 무르익었다. 파장이 되도록 지루한 줄 모르게 시간이 가 버렸다. 시장 한 귀퉁이에서 보낸 살맛 나는 하루다.

5

봄 내

봄 강의 오후는 나른하다. 혹독했던 겨울을 보낸 강가에 치열하게 생명
이 움트고 있다. 그 봄처럼 우리도 한 때 사랑스럽고 윤기 나던 생의 봄을
맞이했었다. 세월의 강을 지나 이제 또 다른 생명들이 살아나는 봄을 바라

보고 있다. 침묵의 시간을 보내고 살아있는 것들은 살아서 아름답고 땅에 묻혀 소멸 된 것들은 생명의 양분이 되어 아름답다.

구차하고 고단했던 겨울의 잔상들은 움트는 것들의 방패가 되어 눈물 나게 환한 계절 앞에 섰다. 죽을힘을 다해 마른 가지에서 싹을 낸 강가의 버드나무와 땅속에서 숨죽였던 씨앗들이 꽃과 열매를 희망하며 요동치고 있다. 봄 강을 바라보며 치열했던 젊은 날을 회상한다. 그 치열함을 뒤로한 채 부드럽고 나른한 시간의 뒤안길에 서 있다. 이제 아낌없이 봄을 사랑할 일만 남았다.

6

털신

댓돌 위에 내려앉는 햇살이 따스해졌다. 시린 발을 보듬던 털신을 넣어도 되겠다. 겨우내 눈을 쓸어내고 눈 쌓인 마당을 밟느라 뒤축이 비스듬히 주저앉았다. 통 밖에 나오실 일이 없던 아버지의 털신이다. 돌아가시던 그해에는 걷지를 못하셔서 신발이 닳을 사이가 없었다. 아버지가 떠나셨어도 털신은 남은 가족의 발을 보듬었다. 어머니 발에는 헐겁고 내 발엔 꽉 끼어서 바쁘게 마당을 오갈 때는 아무나 신었다. 낡은 신발 한 켤레도 갖고 가시지 못한 아버지를 향했던 애잔함도 닳아지는 밑창처럼 조금씩 잊혀졌다. 날이 풀려 더는 털신을 신을 일이 없겠다.

봄이 다 올 때까지 기다릴 필요는 없다. 무엇인가 완벽해질 때를 기다리다가 아무것도 할 수 없게 되지 않았던가. 오늘은 마당 구석구석 남아있는 겨울을 몽땅 쓸어낼 참이다. 바람이 실어 온 묵은 먼지와 마루 밑 깊숙한 곳에서 겨울을 난 엉킨 거미줄까지. 햇살 도타운 날에 물 뿌려 마루를 닦아내야 겠다.

7
엄마의 봄

사는 게 명태 같구나. 나도 귀한 집 딸로 태어났지만 조실부모해 잔등이 마를 사이 없이 세살박이 동생을 업어 키웠다. 열여섯에 시집간 누이 찾으려고 발 부르트게 찾아온 동생 붙들고 뒤란에서 소리도 못 내고 울었다. 동생이 눈에 밟혀 어린 색시가 밤새 잠 못 자고 뒤척여도 서방이 눈도 꿈쩍 안 하고 자더라.

용대리 명태만 눈보라에 골짜기 바람 맞고 사는 것 아니다. 나도 자식 여섯 낳아 먹고 사느라 온갖 궂은일 다 하고 살았다. 술독에 빠진 것 같은 남편 때문에, 자식 때문에 마음 아파하며 갖은 풍상 다 겪었다. 명태 쾌처럼 자식 많다고 셋방 안 주던 설움도 받았다.

나도 사느라 힘들고 명태도 동지섣달 바람 맞으며 마르느라 힘들겠지. 나이 드니 아픔도 무뎌지고 세상사 그렇게 아등바등 살 것 없다는 것 저절로 알게 되더라. 모든 게 빠져나간 것처럼 나도 껍데기만 남았다. 얼었다 말랐다 봄바람 기다리는 명태처럼 나도 그렇게 봄을 기다린다. 어떻게 살았는지 기가 막히던 젊은 날은 다 가버렸다. 그만 훌훌 털어버릴 나이가 됐으니 그게 내 인생의 봄 아니겠나.

8

자전거

아버지의 자전거 뒷자리는 내 자리였다. 안장 뒤에 사과 상자를 얹고 군용 담요를 깔아 나를 태웠다. "꼭 붙잡아라!" 봄날 개나리 흐드러진 미군 부대 옆을 달리고, 장마에 불어난 강물을 바라볼 때도 뒷자리는 내 차지였다. 동생이 태어나자 상자에 둘을 한꺼번에 태우셨다. 비좁았지만 함께 타서 더 신났다. 아버지는 동네에서 자전거를 제일 잘 타셨다. 뒤돌아볼 수 없을 만큼 짐을 싣고도, 비가 오면 한 손에 우산을 들고도 타셨다. 앞뒤로 아이들 셋을 태우고도 신작로를 달렸다. 동생이 둘이나 더 태어나자 달리는 자전거에서 세상을 바라보던 호사를 더는 누릴 수 없었다.

밤이 이슥해지면 어머니는 골목을 지나 큰길까지 나가셨다. 술에 취해도 자전거를 타고 오는 아버지가 걱정되셨기 때문이다. 골목 어귀에서 '종순아~!'하고 엄마를 부르는 소리가 들리는 날은 영락없이 막걸리를 드신 날이었다. 40대 안팎, 아버지는 술에 취한 채 자전거를 탔다가 두 번이나 교통사고가 났다. 팔이 부러져 깁스를 하고도 자전거를 타셨다. 유일한 교통수단이었던 자전거는 아버지 연세가 70이 넘도록 함께했다.

파킨슨병 진단을 받고도 자전거를 놓지 않았다. 자전거에 오르기를 힘겨워했고 자주 넘어졌다. 어머니는 아버지 몰래 자전거에 자물쇠를 채우고 열쇠를 감춰버렸다. 열쇠를 내놓지 않는 어머니와 부부싸움을 하시면서도 미련을 버리지 못했다. 아버지는 그 후로 한 번도 자전거에 오르지 못했다. 아버지처럼 자전거도 매일 조금씩 낡아 바람이 빠지고 녹슨 채로 오랫동안 창고를 지켰다.

9

봄날에

봄은 가까스로 겨울 떠난 자리로 왔다. 개울도 산도 바람에 시달린 억센 빛깔을 벗어버렸다. 햇살 밝은 4월, 문득 나선 개울가로 내 어린 새끼같이 여린 버들강아지가 부푼 솜털을 자랑하고 있었다. 봄이 미처 여물기도 전에 시냇가 언 땅에 꿋꿋이 뿌리 내려 움을 틔웠다. 보잘것없는 가지 속에서 겨울 모진 바람을 어찌 견뎠을까? 매양 부는 바람 속에서 어떻게 봄을 알아차리고 세상으로 나왔을까?

들고 날 자리를 알아차리지 못해 섣부른 꽃을 피운 개나리가 꽃샘추위에 힘없이 떨어졌다. 갯버들은 따습기가 여름 볕 같은 날에 훌훌 털어버리고 바람 속으로 떠날 작정이다. 꽃 떠난 자리로 말갛게 새싹이 돋으면 그래, 봄이 그렇게 무르익을 모양이다.

10

3월

겨울나기는 지루하고 더러 지겹기도 했다. 겨울 초입에 봄은 영 올 것 같지도 않았고 존재하지도 않았던 것처럼 아득했었다. 잔가지는 맥없이 부러졌다. 죽었나 싶어 제법 굵은 가지를 잘라도 생명의 조짐은 하나도 없었다. 봄은 느닷없다. 잠깐 뜰을 채운 햇살에 눈을 돌려보니 '나 여기 있어!' 하듯이 잎이 돋아나고 있었다. 저 마르고 볼품없는 가지에서 초록에 섞인 연둣빛의 싹을 기대나 했던가.

지난가을부터 나무는 이미 오늘을 준비하고 있었다. 나는 그것도 모르고 공연히 잔가지를 부러뜨리고 나뭇가지를 벗겨보며 호들갑을 떨었다. 겨울은 그냥 견디면 된다는 것을 까맣게 잊고 잔뜩 움츠러들었다. '다 지나간다. 세월 앞에 장사 없다'던 어머니의 말씀이 명언인 것도, 시간은 모든 것을 잊고 덮어버린다는 것도 겨울이 지나서야 알았다.

11

봄 무지개

동편 하늘에 무지개다리가 놓였다. 누구의 꿈이 저렇게 하늘과 맞닿아 있는걸까? 4월의 무지개에는 아직 돋아나지 않은 이파리들의 꿈과 피어나지 않은 꽃들의 소망이 실려 있을 거다. 씨앗 한 알에 숨어있는 땅의 에너지와 굳은 땅을 뚫고 오르는 새싹의 기운에 무지개도 덩달아 잦아지는 빗줄기를 따라 올랐다.

그것에 기대어 사람들은 무지개에 저마다의 소망을 싣는다. 진도 앞 바다, 생사를 모르는 자식이 살아 돌아오길, 그래서 아무 일도 없었다는 듯 잃어버린 웃음을 찾을 수 있기를 기도했다. 절망과 회복할 수 없는 슬픔에 잠긴 그들에게 어떤 말이 위안이 될까. 깃털 같은 새끼들을 잃어버린 사람들이 토해낸 한숨 속에는 아무리 보듬어도 따뜻해지지 않는 절망의 가슴이 있다. 살려달라고 울부짖는 소리가 귓전을 때려 산목숨도 살아있는 게 아니다. 온 나라가 숨죽여 지내는 것으로도 그들의 슬픔을 위로하지 못했다.

시간이 지나도 잦아지지 않는 슬픔에 하늘로 닿은 무지개의 꿈을 전해주고 싶다. 남겨진 가족들을 위해 그려낸 죽은 이들의 마음이라고 얘기해주고 싶다. 절망을 벗어나라고, 그래서 산 자의 몫을 살아내라는 무지개의 목소리를 들려주고 싶다.

12

3월

집으로 가는 길, 봄볕이 앞질러 간다. 봄 따라가는 길, 혹여 나물이라도 났을까 싶어 푸릇한 기운만 있어도 검불을 헤집어 본다. '나생이가 나왔네!' 납작 엎드린 냉이 뿌리에서 봄 냄새가 난다. 나뭇가지로 가만히 걷어보니 어이쿠! '날 좀 보라'는 듯 여기저기에 싹들이 돋아났다. 겨울 이겨낸 풀뿌리가 어여쁘고 대견하다.

바람에 감춰지지 않는 봄기운이 실려 있다. 걸어도 춥지 않은 걸 보니 어느새 경칩이 훌쩍 지났다. 꼬물거리며 개구리라도 튀어나올 양이다. 人生의 봄날은 흔적 없이 사라졌지만 언덕너머에 어깨 들썩이는 봄이 기다릴 것 같다. 걸음은 엉겨 바짓가랑이에 휘감겨도 마음은 벌써 언덕을 넘었다. '내일은 호미 들구 나와야겠다.'

13

봄비

살아있는 모든 것들을 향한 두드림. 늦잠 자는 땅속의 생명들과 두터운 껍질 속의 날것들에게 어서 일어나라고 속삭인다. 긴 겨울 가뭄을 물리치고 얼마 만에 내리는 빗줄기던가! 빈들이 소리치며 분수처럼 솟구친다. 묵은 가지 새싹들의 꿈이 뾰족이 촉각을 세우고 빗소리의 향연을 듣는다. 그것에 기대어 움츠린 날개를 한껏 펴볼까? 꽃잎은 가려움을 이기지 못해 꽃망울을 터뜨렸다.

사랑스럽고 향기로운 저 들판의 푸른 기운. 이제 막 알에서 깨어난 새들의 깃털처럼 몽롱하고 보드랍다. 먼지를 털어 낸 새들의 둥지와 낡고 말라 버린 거미집들, 다시는 싹을 볼 것 같지 않았던 고목의 가지 끝에도 봄비가 연기처럼 스몄다. 빗줄기는 두 팔 벌려 생명들을 끌어안는 어미처럼 대지를 적신다. 봄이 왔다.

14

간고등어

5월이 다가오도록 연탄불을 빼지 못했다. 유난히 더웠던 4월 중순, 이만 하면 됐겠지 싶어 불을 뺐다. 반쪽짜리 연탄이 있으면 좋으련만, 불은 넣었 다가 뺄 작정도 아니어서 낮에는 창문을 열고 아침저녁으론 따끈한 방바닥 을 즐겼다. 연탄불을 완전히 끄기 전에 간고등어 한 마리를 구웠다. 생선 굽 는 냄새에 달아난 입맛이 혀끝에 돌아왔다.

오래전 이맘때도 연탄불은 낮엔 화덕으로 밤엔 아궁이를 오갔다. 어쩌다 가 이글거리는 불꽃을 진정시키고 간고등어를 굽기도 했다. 입맛이 달아날 겨를이 없던 나이였어도 생선 한 토막과 쌀밥은 늘 입속에서 달았다. 살점 은 입에 넣을 때마다 호사스럽게 목구멍을 간질였다. 먹을 것이 지천이지만 제 몸의 기름으로 누릇누릇 구워진 살찐 간고등어 한 토막과 물에 말은 밥 한 덩이의 궁합을 따라갈 음식을 나는 알지 못한다.

비 오는 날, 골목을 들어서면 낮게 깔린 생선 굽는 냄새에 끝없이 침이 넘어갔다. 궁벽했던 어린날들의 밥상엔 이따금씩 비린 생선이 올랐다. 연탄 불에 요란하게 기름을 튀기며 구워지는 간고등어를 앞에 두고 전화를 건다. "고갈비 있는데, 막걸리 한 잔 할라나?"

15

5월 즈음에

자식의 이름으로 선물을 챙기고 부모의 이름으로 어린이날을 챙겼던 그날들 가운데서 나는 허덕였다. 부모를 알기에 아이들은 너무 어렸고 나는 보잘것없는 선물을 들고 부모님을 찾아갔다. 꽃보다 현금이 아름답다는 사실을 애써 외면하고 선물이 빈약할수록 화려한 카네이션을 샀다.

걸음마를 간신히 뗀 어린것을 보듬고 자식이 그맘때 나를 닮은 모습으로 선물을 들고 왔다. 위아래로 선물을 주기만 했던 젊지도 늙지도 않았던 그때 내 모습이 생각났다. 5월에 장성한 자식이 선물을 받을 날은 없다. 어린이날과 어버이날, 하필 5월에 낀 남편 생일까지 자식의 주머니가 빵꾸가 날 지경이다. 5월 달력 중간에 빨간 펜으로 '자식의 날'이라고 써넣었다. 내가 저를 키우면서 행복했던 그 숱한 날들을 기억한다는 표시다. 내가 만든 그날에 뭘 사줄까 고민한다. '꽃이라도 사줄까? 아니, 무슨...! 꽃보다 현금이 아름답다며!'

16

봄이 온다

산모퉁이 돌아 고라니 다니던 길로 풀들이 돋아났다. 주린 배로 겨울을 났던 들짐승들의 곳간에도 빠끔히 해가 들었다. 우듬지에 단단히 붙어있던 새집도 봄맞이가 끝났나보다. 저 너머에 얄궂게 들리던 수런거림이 어느새 노랫소리로 귀에 들린다.

그 봄이, 그 봄인 것을…. 고대했던 너와나, 윗동네와 아랫동네가 한 목소리로 노래하고 싶은 봄인 것을. 굳이 봄이 온다고 외쳐야 봄인 줄 알겠는가. 아무리 감추어도 숨겨지지 않는 기운에 코끝에서 가슴팍까지 더워진다는 것을, 말 하지 않아도 봄 인줄 안다. 봄이 온다! 저 멀리로 후딱 봄이 가버리기 전에, 저 산자락으로 봄기운이 사라지기전에 흠씬 봄에 취해보자.

17

고양이를 부탁해

첫 배 새끼 두 마리를 하룻밤 사이에 잃어버린 어미고양이가 목이 쉬게 새끼를 찾아 다녔다. 두 번째 배에 새끼 다섯 마리를 낳았다. 새끼를 잃었던 기억이 있어서일까? 어미 고양이가 애비 고양이도 내쫓고 새끼 기르기에 몰두했다. 악착같은 모성에도 불구하고 제 몫의 젖을 차지하고 살아남은 새끼가 세 마리다. 난 네 마리나 되는 고양이를 키울 자신이 없다. 애처로워 어쩌지 못하고 밥을 주는 내게 아침마다 쥐를 잡아 선물한다. 고양이 덕에 쥐 볼 일이 없어졌어도 기겁할 일이다.

어미는 하루가 다르게 자라는 새끼들을 거느리고 현장학습 중이다. 사마귀와 방아깨비로 시작한 사냥법이 어느 틈에 개구리와 들쥐로 이어졌다. "그래도 얘들아, 제 발로 걸어 내 집 마당으로 들어왔어도 식구들을 좀 줄여보렴. 동네 어디 마음 푸근한 사람들 마당에 새끼들을 풀어놓고 너만 있으면 안 되겠니?" 계절은 겨울로 가고 있다. 추워지기 전에 새끼들의 보금자리를 찾을 수는 없을까?

18

할머니

어린 날 내 할머니는 주름투성이었다. 배를 열어봐도 말라붙은 찌찌를 만져보아도 주름 없는 곳이 없었다. 손바닥에 미농지처럼 얄팍했던 살갗의 감촉이 남아있다. 그 주름마다 사랑이 담겨있을 줄 왜 진즉 몰랐을까? 할머니가 유난히 내게 각별했던 이유가 낳고 자람을 지켜보았기 때문이란 것도 어려선 몰랐다. 나는 할머니의 '이쁜 새끼'고 '할머니 강아지'였다.

조둥이에 말이 붙기 시작하자 담배 냄새 나는 할머니를 구박했다지? 엄마한텐 예쁜 냄새나고 할머니한텐 맛 없는 냄새 난다고.... 안방에서 땅땅! 곰방대 터는 소리가 나면 할머니가 계신거였다. 온갖 말로 꼬드겨 구멍가게로 가곤했다. 좀처럼 열리지 않는 고쟁이 속주머니가 나한테만 열렸었다. 소풍 길에 날 업어주시던 할머니가 이렇게 파파 할머니인줄 몰랐다. 등에 업혀 내려다보면 하얗게 씻은 고무신이 나비처럼 가붓했다. 할머니가 그립다.

19

금징어

흔할 때는 다른 생선 먹느라 안 먹고 오징어에 맛 들어 먹을 만해지니 씨알이 말라 잡히질 않는다. 먹을 거 귀하던 예전엔 오징어 한 마리를 옹글게 먹는 일이 드물었다. 학교 앞 구멍가게에서 가닥가닥 토막 낸 오징어를 팔았다. 어쩌다 귀한 오징어를 통째로 먹을 수 있을 때면 먹는 방법이 애들마다 달랐다. 실처럼 가늘게 찢어서 먹기도, 껍데기부터 벗겨 껌처럼 씹기도 했다. 나는 가장 긴 다리를 잘라먹고 귀를 다음에 먹었다. 가운데 살 많은 부분은 아끼고 아끼다가 오빠한테 반쯤 빼앗겼다. 이가 시원치 않았던 부모님은 언감생심 그것을 씹을 엄두도 못 내셨다.

오징어가 바닷가에서 몸을 말리고 있다. 저렇게 실한 것이, 맛있게도 생긴 것이.... 어느 사람의 술안주가 되려고 저렇게 뽀얗게 마르고 있누. 한 마리 가져다가 몸뚱이가 오그라지게 구워 먹고 싶다만, 오징어가 금징어니 주인이 다 헤아려 놓았으리라. 바닷바람에만 마르는 것이 아니었다. 오가며 군침 흘리는 사람들의 입김에도 마르고 한 번씩 눈을 흘길 때마다 눈총에도 마를 것이다. 뽀얗게 분이 나는 오징어를 안주 삼아 맥주 한 잔 먹고 싶다.

20

5월의 저수지

봄 뜰은 순선한 빛깔로 눈부시다. 어린 오리 떼
가 저보다 더 어린 물고기를 사냥하느라 저수지
수면은 분주하다. 새잎이 나기 시작하는 물가의
나무들이 아가처럼 예쁘다. 어린잎에 비늘처럼 내
려앉는 햇살이 소리 내어 웃는다. 물가로 나가 무
수히 많은 잎사귀들의 재잘거림에 귀를 기울이고
싶다.

봄은 그렇게 수줍고 풋풋하게 익어간다. 나는
부질없이 봄을 보내려 하지 않으나 계절은 흐르는
물결처럼 부는 바람처럼 익어간다. 연두보다 더 여
린 것, 붉기보다 옅은 빛깔들이 눈앞에 어지럽다.
봄날은 밤새 수런거리며 아침을 깨운다. 내게 왔었
던 그 봄날들은 기억조차 아득하다. 인생의 봄은
오간 데 없어도 봄 뜰에 펼쳐지는 저 빛깔은 오래
오래 품고 싶다.

21

비

마른 땅을 두드리며 슬며시 비가 내린다. 소리 없는 빗소리가 수상해 자꾸 밖을 내다보았다. 먼지잼이나 하고 말으려니 기대도 안 했는데 해 뜰 참에 시작한 비가 한나절을 넘게 내렸다. 꽃 진 자리마다, 새잎이 자라는 곳마다 비를 맞고 있다. 봄 가뭄에 나무는 얼마나 좋았을까. 며칠을 한여름처럼 덥더니 웬일로 귀한 비가 내렸다. 이런 비는 맞아도 좋으리....

온 마당 구석구석에 빗물이 스미고 밭고랑이 도랑이 됐다. 흙먼지가 도랑을 따라 씻겨 나가고 그 참에 잡초까지 생기가 돌았다. 비거스렁이에 이른 더위도 잠잠해졌다. 밤이 되면 말갛게 씻은 하늘에 별들도 보일 것 같다.

3월에 내린 눈이라 맥없이 주저앉기를 고대했다. 콩나물도 사러 나가지 못하고 이틀을 발이 묶였다. 돈을 볕에 녹아내린 눈이 길을 타고 흘러내렸다. 신발 밑창에 개흙이 엉겨 붙었다. 봄이 오긴 왔나 보다.

여름날의 갯가

1

소양강

날마다 강가로 갔다. 강 한복판도 물이 키를 넘지 않았다. 배꼽까지만 들어가도록 허락된 강에서 까치발을 하고 조금씩 깊은 물에서 놀았다. 벌거숭이로 입술이 파랗게 질리도록 나올 줄 몰랐다. 자맥질할 때마다 송사리들이 놀라 물살을 타고 숨어들었다. 우리의 여름은 그렇게 해마다 여물어갔다. 옥수수와 완두콩이 박힌 술빵으로 허기를 달랬다. 여름이 한 번 지날 때마다 우리는 한 뼘씩 자랐다.

강 상류에 댐이 들어서자 물이 깊어져 강에서 놀지 못했다. 댐 너머 옹색한 실개천에서 여름을 났다. 강은 깊어지고 강변은 수려해졌다. 강기슭 아래 부산스럽던 송사리가 자라 강을 떠나고 우리들도 물놀이로 행복했던 아이의 때를 벗어났다. 소양강 언저리엔 아직도 그때의 웃음소리가 남아있다. 분주하고 기진할 때까지 첨벙대던 물가의 아이들이 남겨 놓은 기억들이 쌀겨처럼 떠오른다. 사진 속에서 우리들은 웃고 있다. 기억 속에 남아있는 그 유년의 강물 속으로 가끔 자맥질을 한다.

2

봉숭아

장마 끝에 몽글몽글 봉숭이기 여물었다. 봉숭아 나나 백반을 넣고 빻아 손톱에 얹었다. 무명실로 꽁꽁 묶으면 손톱이 밤새 야금야금 봉숭아 꽃물을 먹었다. 손톱에 봉숭아 물들이는 날은 모기가 극성을 부렸다. 잠버릇 사나운 나는 손톱보다 손가락이 더 붉게 물들었다.

엄마 손톱의 꽃물이 가장 먼저 닳아 없어졌다. 첫눈이 올 때까지 꽃물이 남아있으면 첫사랑이 돌아온다고? 언니는 손톱 끝에 붙은 꽃물이 사라지기 전에 첫눈 오기를 손꼽아 기다렸다. 언니의 첫사랑을 덩달아 기다렸던 첫눈 내린 날. 아무 일도 일어나지 않아 이불 쓰고 울던 언니. 초승달만큼 남았던 봉숭아 꽃물은 어디로 갔을까? 첫사랑을 찾아 갔을까?

3

엄마는 외출 중

"엄마~~!" 대문 들어서기도 전에 엄마부터 한 번 불러봤다. 학교 파하기가 무섭게 단숨에 달려 도착한 집, 대문은 열려 있어도 기척 없는 마당은 적막하다. 아무도 없을 것을 알면서도 공연히 문을 열고 들여다본다. 본격적으로 엄마를 찾을 양으로 가방을 던져 놓고 나갔다. 동생을 업고 엄마는 어디로 가셨을까? 옆집에도 뒷집에도 엄마는 안 계셨다.

'엄마 찾아 삼만 리'에서처럼 나만 남겨놓고 아주 가버린 것은 아닐까? 저녁 할 때가 다 되어 가는데 오지 않는다. 어스름 긴 여름 해가 기울어 갈 무렵 김칫거리를 잔뜩 이고 엄마가 돌아오셨다. 엄마 등에 업힌 동생은 곤하게 잠이 들어 있었다.

"나만 안델구 가구..." 안도와 설움이 복받쳐 울음이 목젖까지 올라왔다. 부랴부랴 밥을 짓는 엄마의 뒷모습이 눈물 나게 반가웠다.

4

가족사진

막내의 첫 돌에 가족사진을 찍었다. 깨끗한 옷으로 갈아입고 머리도 물을 발라 넘겼다. 사진 속에서 아무도 웃지 않았다. 아이들 몸집보다 더 큰 사진기 앞에서 주눅 든 얼굴이다. 아버지는 근엄하고 어머니는 긴장했다. 막내는 놀라 눈이 휘둥그레지고 그즈음 사춘기였던 작은 언니만 비스듬히 멋을 부렸다.

사진은 색이 바랠 때까지 벽에 걸려있었다. 빛바랜 가족사진 속에서 어머니는 여전히 새댁이다. 부모님보다 먼저 세상을 버린 자식과 섭섭한 마음을 씻어내지 못해 뜨악한 자식도 사진 속에서 가족으로 살고 있다. 언제 다시 가족사진을 찍을 수 있을까? 웃지 않아도 오래 걸어두고 볼 수 있는 사진을….

5

한여름 밤의 꿈

불같은 더위 속에서도 한 번쯤은 뜨거운 것이 좋았다. 미쳐버릴 것 같던 젊음의 광기를 훌훌 던져 태워버리던 캠프파이어, 불 곁에서 인디언처럼 뛰놀았다.

자작자작 불꽃이 사위어도 재 깊숙이에는 식지 않은 불덩이가 남아있었다. 불꽃이 사위고 이슬에 발등이 젖을 때까지 여름밤은 깊어갔다. 불 앞에서 하룻밤을 보내고 나서야 여름이 지나갔다. 여름이 불꽃과 함께 지나간 것처럼 젊음도 새겨 놓을 틈 없이 가버렸다.

캠프파이어 앞에서 그 젊음이 그립다. 향기롭고 아름답던 스물 두 살의 여름이 내 것이었던가? 혼란스럽다.

6

6월

한 뼘이나 자란 어린 벼와 고향 집을 두고 나는 전쟁터로 갔다. 부모님은 누이들과 젖먹이 동생을 업고 피난길에 올랐다. 총성이 들리지 않는 곳도 죽음이 비껴가는 곳도 없었다.

황망히 놓아버린 내 나이 열아홉, 勇士라는 이름으로 짧은 생을 마쳤다. 나는 한 어머니의 아들로, 누이들의 동생으로 살아가고 싶었을 뿐이다. 나는 살아서 수십 번의 봄을 보고 싶었다. 나의 희망은 죽지 않고 살아있는 것이었다.

모든 것이 아름다움을 잃고 이 땅의 산하는 피로 물들었다. 세상이 모두 미쳐서 돌아가고 산도 들의 바람도 미쳐서 날뛰었다. 젊은 육신들이 묻힌 골짜기마다 나무는 갈퀴처럼 자라고 계곡은 퍼렇게 원망을 토해냈다. 들판은 60년의 기억을 묻고 고요하다. 이제는 아무도 나를 군인으로 기억하는 사람은 없다. 산은 여지껏 푸르다. 돌무덤에 나는 그 푸른 기운보다 더 맹렬했던 나의 육신을 묻었다.

7
철거

하필 그날 그곳에 갈게 뭔가. 반년 전에 이사를 나왔지만 집을 철거하는 날 그곳을 지나갔다. 부모님의 한평생은 재봉틀과 함께였다. 늦은 밤까지 가위를 들고 옷감을 말라 교복이며 체육복을 만드셨다. 바늘귀가 닳고 골무에 구멍이 나도록 단추를 달았다. 밤이면 하루 종일 모아 둔 가윗밥이 아궁이로 들어갔다. 매캐한 연기에 눈물이 나고 목이 깔깔해도 자식들은 따끈한 방에서 더운 잠을 잤다. 새끼들 배 안 곯리고 구멍 난 옷을 입히지 않겠다고 시장통에 소문나도록 악착같이 사셨다.

40년 전 시장 한복판 낡은 판잣집을 헐었다. 2층 벽돌집 상량하던 날 부모님은 뒤돌아서서 눈시울을 붉혔다. 맨몸으로 월남해 그 집에서 4남매를 낳고 키우셨다. 뒤란으로 방 한 칸을 더 붙였어도 자식들은 방이 비좁게 자랐다. 그 집이 있던 자리로 길이 났다. 길은 넓어졌으나 새벽부터 밤중까지 때를 잊고 일하시던 가게는 없어지고 말았다. 굴삭기가 벽을 무너뜨릴 때마다 내 기억의 조각들도 무너져갔다. 새집 앞에서 웃음 짓던 부모님의 모습도, 문지방이 닳게 들락거리던 우리들의 흔적도 모두 사라졌다. 아스팔트에 묻힌 채 자동차들만 무성하다.

8

가족관계증명서

　살아오는 동안 두 번 가족관계증명을 갱신했다. 딸로 살아 온 25년을 지나고 아내와 며느리로 이름을 바꿨다. 시간이 지나면서 나의 가족관계에도 많은 변화가 있었다. 어미가 되고 고모, 이모로 불렸다. 이웃이 사돈이 되면서 가족관계는 좀 더 복잡하고 길어졌다. 가끔 가족이라는 굴레를 벗어나고 싶을 적도 있었다. 상상 속에서 나의 이름을 지워놓고 일탈을 꿈꾸기도 했다. 이름 칸을 하나씩 지워간 가족들도 생겨났다. 길고 짧은 생을 마감한 사람들과 사는 곳도 모르는 일가붙이도 있었다. 이름은 있어도 만날 수 없는 사람들, 한 번쯤 마주쳤겠지만 알아볼 수 없는 친척들도 있었다.

　새 식구의 이름이 적혀있는 가족관계증명서를 보는 날. 나는 세 번째 갱신한 나의 가족관계에 잠시 당황했다. 어느새 일탈을 꿈꾸기엔 나이가 들었고 많은 사람과 엮여있었다. 그것에는 함부로 입에 올릴 수 없는 단절의 아픔도 숨어있다. 생사를 모르는 형제의 이름이 지워지지 않고 남아있었다. 수십 년 소식을 알 수 없어도 자식과 형제로 기록되어있었다. 그들도 자신의 관계들을 엮어가며 하나씩 이름을 바꿔갔으리라. 달력이 넘어가듯 늘어난 기록엔 녹록지 않은 삶을 살아낸 식솔들의 노고가 들어있다. 나는 새로 맞이한 가족에게 다른 이름으로 불리며 나이 들어갈 것이다.

9

어부바

이 말처럼 사랑스러운 속내를 드러내는 말이 또 있을까? 귀가 열리고 난 후 내가 들었던 세상에서 가장 따뜻한 말이다. 시장 한복판 다리 아프다고 주저앉은 내게 두말없이 등을 내어주셨다. 뛰듯이 껑충 업히자 난전에 수북한 복숭아도 참외도 손에 닿았다. 딱히 다리가 아픈 것도 아니었다. 엄마 등에서는 달착지근하고 시큼한 냄새가 났다. 등에 코를 부비고 발아래 어지러운 시장 구경을 하고 싶었나보다. 일곱 살이 될 때까지 엄마 등에 업혔다. 동생이 생기고 나서부터 어림도 없었다. 다 큰 것을 업고 다니는 모양새도 흉했고 차례가 오지도 않았다.

어부바, 포대기도 없이 두 팔로 아이의 엉덩이를 받쳐 업는다. 콩닥콩닥 아이의 심장 뛰는 소리가 온몸으로 느껴졌다. 내 새끼…, 뭉클 등에 업힌 아이를 향한 사랑스러움에 힘주어 깍지를 꼈다. 어깨너머로 뺨을 부비며 곤하게 잠든 아이의 얼굴이 꿈결 같다. 동생도 없으니 일곱 살까지 업어주자 했다. 손바닥에 몽글몽글한 아이 엉덩이의 기억이 아직 남아있다. 어부바, 내가 들었던 말 중 제일 사랑스럽던 말이다. 다시는 들을 수 없는 그리운 말이다.

10

모 심는 날

볍씨는 이른 봄부터 촘촘히 싹을 틔웠다. 어깨를 부딪치고 틈 없이 자란 모가 뚝뚝 떨어져 제 몸을 키울 때다. 듬성듬성 구멍이 난 자리에 모를 꽂아야 한다. 물 댄 논바닥 한구석에서 어린 모가 며칠을 지냈다. 정강이까지 빠지는 논에 새까맣게 거머리가 달라붙던 것도 옛날얘기다. 무르고 기름진 논에 모를 꽂는다.

모 밥, 막걸리, 두부, 오뎅…. 모 심는 날은 하루 종일 먹을 것이 생겼다. 괜히 신이 나서 종일 들락거렸다. 광주리 가득 모 밥을 나르는 엄마와 누나를 따라가는 길, 나는 뒤뚱거리며 막걸리 주전자를 날랐다. 논두렁을 따라 걸으면 찔끔찔끔 주둥이로 막걸리가 쏟아졌다. 주둥이에 입을 대고 힘껏 한 모금 들이켜면 짜르르 배꼽을 타고 술이 내려갔다. 화끈 얼굴이 달아오르고 비처럼 땀이 흘렀다. 나도 아버지처럼 두부 한 귀퉁이에 김치를 올려 볼이 메게 집어먹었다.

논에 어린 모의 꿈이 심어졌다. 허리 펴고 올려다본 하늘에서 금세라도 비가 쏟아지겠다. 더디게 자라던 모는 비가 한 번 올 적마다 한 뼘씩 자랐다. 모를 키우는 것은 왜글왜글 밤늦도록 울어대는 개구리 소리, 논두렁을 오가는 농부의 발소리다.

별빛과 달빛도 모를 키웠다. 바람과 비, 태양의 기운에 모는 실하게 자랐다. 하늘의 기운이 허리춤까지 오르면 푸르고 무른 낟알이 돋았다. 손끝으로 아득히 모 심던 6월이 전해온다.

11

미군 부대

철조망을 이고 선 담벼락이 두 칸 남았다. 50년 넘게 미군이 주둔하던 자리에 공원과 체육관이 들어섰다. 50년 세월의 흔적은 남아있지 않다. 미군 부대와 철조망을 경계로 집을 짓고 살던 이들도 많았다. 헬기의 소음으로 밤잠을 설치고 뽀얗게 먼지를 뒤집어쓴 장독대를 매일 닦았다. 미군 부대 경계 두터운 철조망 사이로 노란 쥐약 통이 듬성듬성 놓여있었다. 글씨를 읽지 못해도 사람들은 그게 쥐약인 줄 알았다. 영어 모르는 동네 개들이 간혹 그 약을 먹고 죽었다. 미군 부대 다니던 금순이네 해피도 우리집 도끄도 쥐약을 먹었다. 버둥거리는 개를 살려내려고 비눗물을 먹여도 꾸역꾸역 토해내며 기어이 죽고 말았다. 철조망뿐이던 미군 부대에 담장이 생긴 건 그 후로도 오랜 시간이 지나서다.

미군 부대 정문에 저녁마다 여자들의 줄이 이어졌다. 그 손에 들려진 미제 물건은 고급스럽고 요긴했다. 손가락질을 하면서도 사람들은 부대 안을 들락거리는 여자들을 부러워했다. 그 속은 별천지여서 먹을 것이 지천이고 모든 것이 풍요로웠다. 껌도 초콜릿도 미제는 냄새부터 달랐다. 볼품없는 깡통 속에도 기름지고 놀라운 음식들이 가득했다. 매끄럽고 느끼한 것을 목구멍으로 넘길 때마다 달콤한 이국의 맛이 났다.

미군 부대가 떠난 자리에 꽃밭이 들어섰다. 넓은 활주로엔 봄부터 가을까지 어지럽게 꽃이 피고 진다. 그 많던 기지촌의 아가씨들은 다 어디로 갔을까. 사람이 떠난 자리, 사랑이 떠나간 자리에 부수수 꽃씨가 뿌려졌다. 시든 꽃잎을 땅에 묻고 미군 부대가 있던 자리에 오늘도 꽃이 만발한다.

12

여행

한 번쯤은 정해지지 않은 길로 떠나고 싶었다. 이름 없는 오솔길을 따라 걷는 것처럼 거리낌 없이 사뿐히 기차에 오르고 싶었다. 누구나 목적 없는 여행지를 동경하고 있지만 '가지 않은 길'처럼 그곳은 호기심과 두려움이 교차한다.

기차는 정해진 곳으로 떠나고 나는 목적 없는 목적지를 향해 기차에 올랐다. 떠나온 길은 '같은 길, 다른 느낌'으로 낯설었다. 짧고 호젓한 여행길에서 낯선 풍경 속의 사람들을 만났다. 느리게 걸어도, 서두르지 않아도 괜찮았다. 그 길에서 만나고 싶던 것과 만나야 할 것들과 마주했다. 멀찍이 자신을 놓아두고 원래부터 혼자인 사람처럼 일탈을 꿈꾸었다.

붉어진 여름 강가에서 울음이 났다. 낡고 자잘한 물건들과 무심히 지나친 낯익은 풍경들이 지겨움의 틀을 벗어나고 있었다. 일터에서 다시 살아가는 이유를 찾아내고 나를 옭아매고 있다고 생각됐던 일상들을 향해 따슨 마음들이 새싹처럼 돋았다. 길을 떠나며 하나씩 버렸던 마음의 짐들조차도 살갑게 다가왔다. 일상은 오랜 친구처럼 나를 붙잡고 내일의 문턱을 넘었다. 여행이라는 오솔길을 걷는 동안 잊고 있었던 삶의 흔적들을 그리워했나보다. 다시 무엇인가를 사랑할 수 있을 것 같다.

13

언덕밥

봉긋봉긋 부푼 밥이 언덕을 만들었다. 이 없는 할머니 밥은 진밥, 쌀 많이 섞인 밥은 아이들 밥, 보리가 더 많은 고봉밥은 아버지 밥…. 대식구가 먹을 언덕밥이다. 밥 익기 전에 떠낸 미음은 젖 모자란 막내의 양식이다. 어머니는 한 솥에 일곱 식구의 입맛을 다 담아냈다. 가끔 노랗게 숨겨진 알밤 몇 톨엔 할머니 몰래 품은 새끼 사랑이 묻어있었다. 밥알 듬성듬성 붙은 알밤은 꿀맛이다.

언덕밥에 담겼던 어머니 마음을 이제야 알겠다. 젊은 날 '내 배 속은 참 뱃속'이라시며 쉰밥도 헝궈 탈 없이 드셨었다. 세월에 장사 없다더니 어느새 진밥을 드실 때가 됐다. 나도 언덕밥을 지어본다. 한 움큼, 밥물 위로 초승달처럼 쌀을 올린다. 물 많이 잠긴 밥은 어머니 것, 엎어진 반달 같은 언덕밥은 남편 차지다. "고두밥 먹는 걸 보니 아직 젊구나." 어머니 말씀에 괜스레 눈물이 난다.

14
소나기

쏴악~! 바람이 분다. 바람엔 흙냄새 가득 실렸다. 우당탕 양은 대야 넘어가고 놀란 강아지가 쓸데없이 짖어댄다. 바삐 신발 끄는 소리, 장독 닫는 소리, 마구 흔들리는 바지랑대 붙잡고 빨래 걷는 소리.... 옆집 영실이네 담벼락엔 이불이 널려있다. 이웃집 비설거지까지 하느라 엄마 이마에 먼저 비가 내린다. 후두둑 빗방울에 흙먼지가 인다.

"비 온다, 얼른 들어와라~~!" 애들 부르는 할머니 목소리. 쫙쫙! 내리는 비보다 빠르게 달음박질쳐 방으로 내닫는다. 아차~! 놀다 두고 온 책가방이 생각나 빗속으로 내달렸다. 동네 공터에 주인 잃은 가방이 비를 맞고 있다. 책도 젖고 나도 흠뻑 젖었다. 기왕에 젖은 거, 히죽거리며 집으로 걸어왔다. 그날 나는 비 오는데 먼지가 나도록 맞았다.

15

등목

"으흐흐~ 아이구, 시원하다. 빤쓰 젖지 않게 살살 부어라." 땀에 젖은 아버지 등에 얼음장 같은 물을 끼얹었다. 땀이 순식간에 씻겨나갔다. 등줄기로 소름이 돋게 차가운 물이 목덜미를 타고 가슴까지 내려갔다. 애들은 오싹한 얼굴로 함께 진저리를 쳤다. 우리들은 펌프에 매달려 힘차게 물을 끌어 올렸다. 물은 퍼낼수록 차가워졌다. '으흐흐~' 시원하단 소리에 더 신이 나서 펌프질을 했다. 내친김에 박박 긁어 머리까지 감으셨다.

고무신에 잘박잘박 물이 들어왔다. 우리는 그 참에 땟국이 졸졸 흐르게 더러워진 발을 닦았다. 아버지 점심상엔 수북이 국수가 담긴 오이냉국이 차려졌다. 애들도 배가 말갛게 되도록 국수를 먹었다. 물장난도 고됐었나? 해가 기울 때까지 평상에서 낮잠을 잤다. 어린 날의 여름엔 더위가 기억나지 않는다. 그해 여름도 지금처럼 뜨거웠을까?

16

복실이

젖 뗀 지 한 달 밖에 안됐던 강아지를 데려온 지 삼 년. 어미 떨어져 사나흘 낑낑 거리더니 체념한 듯 주인을 따랐다. 복덩어리가 되라고 복실이라고 불렀다. 날로 튼실해져 가는 개를 탐내는 사람이 여럿 생겼다. 아무리 몸보신에 좋기로 날마다 눈 마주치고 밥 주던 강아지를 먹을 수야.... 복날마다 갈등하던 주인의 마음을 알았던지 유독 살갑게 식구들을 따랐다. 밖에서 돌아오면 온 몸을 던져 반가워했다. 밥값 하느라 빈집도 지키고 쥐도 여러 마리 잡았다. 저 짖는 소리만으로도 낯선 이가 오는지 반가운 사람이 오는지 구분이 됐다. 여름이면 복달임하겠다고 벼르던 마음들이 혜실바실 자취를 감췄다.

여름내 털털거리며 개를 사 가는 용달차가 오늘도 시골길을 달린다. "개~~ 삽니다. 개~~ 파세요!" 순한 복실이도 그 차만 지나가면 죽어라 짖어대며 사납게 이빨을 드러냈다. "복실아! 개 산단다. 너 따라갈래?" 마당 한 구석을 지키며 함께 계절을 지켜보고 밥도 나눠 먹었다. 개를 '식구'에 넣는 것이 조금도 남세스럽지 않다.

17

다슬기

올망졸망 어린 동생들을 데리고 날마다 개울로 달려갔다. 물에 발을 담그면 화들짝 놀란 송사리들이 불꽃처럼 흩어졌다. 어린것들은 모래 웅덩이에 담아놓은 송사리를 데리고 놀았다. 강바닥은 밤새 다슬기들이 그린 그림으로 어지러웠다. 뉘엿뉘엿 해넘이가 시작되면 강바닥에 숨어있던 다슬기들이 물가로 나왔다. 저물어 가는 강가에서 늦도록 다슬기를 잡았다. 강변에 오도카니 앉은 동생들이 일어설 줄 모르는 나를 소리쳐 불렀다. 어둑한 강변이 무서워져 울음 섞인 목소리로 자꾸 불렀다.

샛말가니 씻긴 고무신을 신고 집으로 돌아오는 길, 등에 업힌 동생은 그새 잠이 들었다. 골목 어귀에서부터 소리쳐 엄마를 불렀다. 와르르 쏟아 놓은 다슬기가 세숫대야로 가득했다. 우리는 그날 밤새 다슬기 잡는 꿈을 꿨다. 다슬기를 까먹은 날은 손에 밴 장 냄새가 가시질 않았다. 어린 날 강가를 생각하면 아직도 손끝에서 장 냄새가 날 것 같다. 지쳐 길에 누운 여름 해를 밟고 개울로 달려가고 싶다.

18

소양강 2

댐이 들어서기 전 가뭄이 들면 강 복판까지 놀이터가 됐다. 군데군데 웅덩이가 져 미처 달아나지 못한 송사리와 쌀알만 한 다슬기가 돌멩이 아래로 떼 지어 놀았다. 강 상류에 댐이 들어서자 말쑥해진 강변을 따라 놀이터도 사라졌다. 강가를 덮었던 돌멩이를 쪼개 자갈을 만들던 사람도, 드럼통을 걸어 놓고 잿물에 빨래를 삶아주던 사람도 사라졌다. 강변에 하얗게 널렸던 홑청도, 구멍이 나도록 두들겼던 어머니의 빨래 방망이 소리도 사라졌다.

소양강의 노을은 날마다 다른 빛깔로 수려하다. 고향을 떠나 살아보지 못해 그립다거나 따로 생각할 무엇이 없는 줄 알았다. 늘 거기 있어서 아쉬울 것 없는 풍경이 사진에 담으면 새롭다. 새삼 말하자면 소양강은 고향의 한복판이기도, 그 밖의 것이기도 하다. 그 여름의 강가가 오늘 다시 새롭게 느껴진다. 어느 날 불쑥 찾아온 풍경도 아닌데 노을 지는 강이 참 예쁘다.

19

8월

　더위가 막바지로 달릴 때마다 눈 내린 그날의 풍경이 떠오른다. 눈에 묻혀버린 신작로로 첫 차가 떠나고 버스가 끊어졌다. 나는 오지도 않는 버스를 기다리며 눈에 갇힌 길 너머를 바라보았다. 집으로 돌아오는 길에 눈이 신발 속으로 들어왔는데 발이 시렸던 것은 생각나지 않는다. 눈은 그 후로도 한 자나 더 쌓여서 며칠을 집을 벗어나지 못했었다. 추위는 머리로만 기억되나보다.

　실감하지 못하는 겨울바람을 되새겨본다는 것이 부질없는 일이다. 그 바람이 이 여름을 식혀줄 리 없다. 되새긴들 더위가 가시지도 않을 테니. 눈 내린 날들을 떠 올리며 겨울과 여름의 간격을 가늠해본다. 영하 25도와 영상 38도는 생각으로 좁혀지지 않는다. 지난해 더위를 견디다 못해 늦여름에 에어컨을 장만했으나 그 더위도 기억되는 바 없다. '생각만 해도'지긋지긋한 겨울도 여름도 없으니 호강하고 살았나보다. '견디는 일'이 여름을 이기는 길이다. 말복이 지났다. 홑청을 뒤집어쓰고 웃으면서 잠들 날이 멀지 않았다.

분꽃이 피는 그때는 저녁밥을 짓는 시간이다. 텃밭과 부엌을 오가는 부산함, 펌프 물 길어 올리는 소리, 밥상 앞으로 식구들을 불러 모으는 소리가 들렸다. 마당에 어둠이 찾아들었다. 모두 잠든 틈에 꽃들이 밤마실을 갔다. 아침, 밤새 열 일하고 온 꽃들이 잠들어 있다. 까만 씨앗 한 알 보물처럼 품은 채.

노을의 사람들

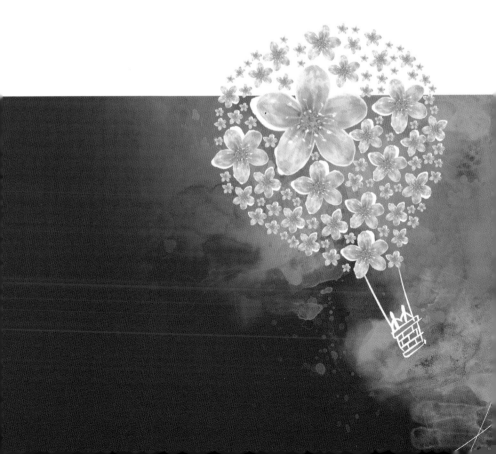

1

사랑하는 그대에게

우리가 첫눈에 반해 사랑할 확률이 얼마나 될까? 내가 널 사랑하는 이유가 달콤함 때문만은 아니다. 사랑의 감정을 느끼기까지 그리 오랜 시간이 걸리지 않았던 것은 나를 향한 너의 지극함 때문이었어. 너의 기다림과 나의 인내가 우리를 맺어주었지. 지난 가을 이미 마련한 꽃자리는 결국 나를 만나기 위한 시도였다는 것. 독한 겨울에도 씨앗을 꽁꽁 감싸 안고 겨울을 견뎠어. 봄날, 네가 싹을 틔우느라 온몸이 부서지게 몸살을 앓았을 때 나도 긴 어둠 속에서 막 잠을 깨고 있었어.

너의 집 앞마당을 지나칠 적에 멀찍감치 있으면서도 너의 향기는 나를 숨죽이게 했어. 햇볕 아래 빛나던 꽃잎과 푸른 잎사귀로 내게 말을 걸어오는 너의 모습에 얼마나 가슴이 뛰었는지 몰라. 살아있음에 감사해. 널 만나게 된 것이 세상에서 가장 행복한 일이야. 사랑도 습관 같아서 하루도 널 보지 않고는 견딜 수가 없을 거 같아. 우리가 함께 만들어낸 소중한 씨앗들은 또다시 깊은 땅속에서 꿈을 키워가겠지. 여름을 잘 견뎌줘서 고마워. 내가 살아서 널 다시 만날 확률은 0%. 그러니 가을이 깊어지기 전에 마음껏 사랑하자.

2

메뚜기

자취를 감췄던 메뚜기가 다시 나타났다. 오늘은 맘먹고 아이와 논으로 나갔다. 해거름에 이삭 뒤로 숨은 메뚜기가 아이와 숨바꼭질을 한다. 눈 마주치지 않으려고 살짝 비껴 손바닥으로 잽싸게 훑는다. 나보다 더 빠르게 빠져나간 메뚜기가 논바닥으로 곤두박질친다. 메뚜기도 뛰고 아이도, 나도 뛴다.

학교가 파하면 가방을 내 던지고 매일 논으로 갔다. 논에도 가장자리 풀 섶에도 메뚜기가 지천이었다. 큰 소주병에 메뚜기를 가득 잡아 개선장군처럼 집으로 돌아왔다. 눈을 감으면 낮에 잡던 메뚜기가 가물거린다. 쌍 붙어 포개 앉은 두 마리를 놓친 게 꿈에서도 아깝다. 찬 바람 불고 서리가 내리면 그 재미난 놀이를 못 할 것이 큰 걱정이었다. 엄마는 '눈이 반질거리는 게 딱 쳐다봐서 못 먹겠다!' 하신다. 그 맛있는 것을 아직도 못 드시는 엄마가 이상하다. 메뚜기를 반찬으로도 먹었다. 밥 한 숟가락에 서너 마리씩 집어먹는 호사를 누렸다. 그때는 고기만큼 맛있었지만 생각해보면 메뚜기의 맛은 옹색하기만 하다. 그 맛을 통째로 기억하는 것은 닿을 수 없는 그날의 그리움 때문이다.

3

해거름에

어스름 저녁, 바람 잦아든 가을 들녘에 연기가 피어올랐다. 털어낸 들깨 단에 불을 붙이고 담배 한 대 피워 물었다. 농부의 밭은 이른 봄부터 하루도 한가로울 새가 없었다. 들판에 매운바람이 남았어도 밭을 갈아엎어 거름을 냈다. 땅 한 뼘도 안 남기고 감자며 푸성귀를 심었다.

장마가 오기 전에 어른 주먹만 한 감자를 캐고 그 밭에 들깨를 심어 여름 내 깻잎을 내다 팔았다. 소출이 분에 넘쳐 농부의 가을은 고단해도 행복하다. 부산했던 저 밭에는 인삼을 심을 모양이다. 채 마르지 않은 깻단을 태우는 연기가 들판에 서성거린다.

4

손맛

늦가을 햇살을 인 호박이 꼬들꼬들 마르고 있다. 끝물이라 시세가 없으니 저렇게 마를 수밖에. 양철 슬레이트 위에서 말라가는 호박이 뜨겁다고 돌아누울 수는 없는 일. 한 열흘 문간을 들락거리며 호박이 마른다.

마르기도 힘겹지만 그래도 어디 그만한 맛을 내기가 쉬울까? 나이 들수록 세월에 엉킨 먹을거리가 정겹다. 묵은장이 그렇고 이런저런 말랭이가 그렇다. 씹을수록 단맛이 나는 게 어디 그것뿐이랴. 세월에 장사 없다고 바싹 말라 기름기 없는 어머니 손맛도 달큰하다. 나도 세월 따라 손맛이 나고 만날수록 감칠맛이 나는 사람이고 싶다.

5

식사중

무청 위로 새 한 마리가 날아왔다. 멈칫멈칫 주위를 살피더니 이내 남아 있는 무 쪼가리를 쪼아 먹는다. 낱알이 남게 마련인 논에서도 먹을 것을 찾지 못했나보다. 예전보다 무 배춧값이 좋아 농부의 전대는 배가 불렀다. 가을걷이 끝낸 들판에 날 짐승과 산을 내려 온 고라니가 먹을 것이 남아있지 않았다. 까치밥으로 남겨 둘 것도 없이 농촌의 인심이 예전만 못하다. 무밭에는 무청 하나도 남아있지 않았다. 식사를 방해 할까봐 까치발 하고 사진 한 장 남겼다.

6

김밥천국

소풍 길엔 김밥이 있어 좋았다. 그날은 4남매가 부엌을 들락거리며 볼이 미어지게 김밥을 먹었다. 김·밥·천·국 이라더니 턱 받치고 앉았던 부뚜막이 천국이었나보다. 봄가을 김밥을 먹을 때마다 우리들은 장대같이 자랐다.

가끔 팔순의 어머니가 장성한 4남매를 위해 김밥을 만드신다. 어머니의 김밥은 소가 자꾸 빠져나온다. 김이 예전처럼 밥을 붙들고 있지 못한다. 우리는 맥없이 벌어지는 김밥에 대해 말하지 않는다. 예전만큼 손끝이 여물지 못하다는 것을 어머니도 우리도 안다. 나이 들어 먹는 어머니의 김밥은 까닭 없이 목이 멘다. 천 원짜리 한 장이면 김밥을 사 먹을 수 있지만 그 맛은 천 국과는 거리가 멀다. 나도 엄마가 되어 아이가 소풍을 가면 김밥을 말았다. 내가 그랬던 것처럼 아이도 눈을 크게 뜨고 입에 가득 김밥을 집어넣었다.

어머니처럼 소풍 갈 일 없는 다 큰 자식을 위해 김밥을 싼다. 손에 더 힘이 없어지기 전에 오래 잊고 살았던 천국의 기쁨을 맛보게 해주고 싶다. 오래전 소풍 길로 훌쩍 달려가 행복하고 들뜬 기억을 더듬어본다.

7

달밤

추석엔 잠 못 드는 이유가 있다. 터질듯이 부풀어 뿜어내는 밝은 달빛 때문이다. 검푸르게 익어가는 콩잎과 셀 수 없이 많은 낟알 위에도 달빛이 촘촘히 내려앉았다. 잠든 검은 호수 위로도 달빛이 뽀얗게 내렸다.

바람에 몸을 떠는 나뭇잎들도 장독 뚜껑을 등잔같이 밝히는 달빛 때문에 공연히 수런거렸다. 괜히 부산스러운 게 어디 나뭇잎뿐일까. 줄이 풀린 강아지도 일없이 짖어대고, 컹~컹! 숲을 빠져나온 고라니도 수상한 소리를 낸다.

추석에 잠 못 드는 게 어제 오늘의 일은 아니다. 어려서도 그랬다. 밤늦도록 지짐질 냄새가 나서 잠을 설치는 것도 아니었다. 이제 생각하니 밤이 밤답지 못하게 요란한 달빛 때문이었다. 문틈마다 비집고 들어와 공연히 밖이 궁금하게 만들었다. 밤이 깊을수록 달은 하늘 높이 떠 밤새 수근거렸다. 눈을 감아도 훤한 달빛 때문에 잠이 달아났다. 달이 지칠 때까지 뒤척이다가 잠이 들었다. 그날은 온 천지가 달빛을 덮고 잤다.

8

소식

아침마다 저수지로 하얗게 안개가 피어올랐다. 하루가 다르게 나무는 잎을 털어내고 두텁게 겨울채비를 하고 있다. 시간은 뜀박질하듯 11월로 접어들었다. 이 계절이 가기 전에 어쩐지 편지를 써야 할 것 같아 오래된 수첩을 열었다. 빛바랜 종이에 깨알같이 적어 놓은 친구의 주소, 가만히 소식을 묻는다. 아직 그곳에 살고 있으리란 자신은 없어도 왠지 편지를 받으면 '얼마만이야~!' 라며 활짝 웃을 친구의 모습이 그려졌다.

잘 지내고 있는지. 아픈 곳은 없는지. 아이들은 다 컸으려니.... 오랜만에 쓰는 편지에 공연히 잡다한 안부를 물어본다. 살기는 괜찮으냐고, 남편과는 잘살고 있는지, 궁금해도 물어봐선 안 될 얘기가 자꾸 머릿속에 떠오른다. 오래 소식이 없어 물어볼 말도 마땅치 않았다. 빠듯한 일상을 벗어나질 못하고 저도 나도 사는 것이 고단하고 힘에 부쳐 그렇게 소원했었다. 그래도 막상 편지지를 마주하고 보니 펜보다 마음이 먼저 친구에게로 달려간다.

우체통이 어디 있었더라...? 편지를 받는 친구의 웃는 얼굴이 떠올라 무심하게 웃음이 나왔다. 어제 만났던 것처럼 전화를 걸어 올 것 같다. 저녁이 익어가는 강가 찻집에서 입이 아프도록 수다를 떨고 싶다. 친구들을 죄다 불러 모아 맛있는 저녁을 먹으면서 술 한 잔 마시는 것은 또 얼마나 좋아. 멀리 보이는 불빛이 자꾸 눈에 밟힌다, 어느새 가을이 이만큼 깊었을까!

9

가을걷이

텃밭에도 가을이 왔다. 10평도 안 되는 텃밭에서 여름내 많은 것을 거둬들였다. 고랑마다 몇 포기씩 모종을 내고 잡초를 뽑아 준 덕에 아쉽지 않게 푸성귀를 먹었다. 유독 가뭄이 심했던 올여름 하늘의 도움이 없었다면 추수는 생각도 못 했을 것이다. 드물게 내려준 비가 사람의 물 주기엔 비교도 안 되게 열매를 키웠다. 식물이 텃밭을 가꾸는 사람의 마음을 알 수 있을까 하면서도 열매를 거둘 때마다 칭찬했다.

두 이랑 심은 고구마 줄기에도 가을빛이 돈다. 넝쿨이 무성하면 열매를 못 맺는다는 말에 여름내 넝쿨을 뒤척여줬다. 서리가 오기 전에 고구마를 캤다. 자연이 모두 그렇겠지만 고구마는 어쩜 저렇게 사람 사는 모습을 닮았는지…. 줄기가 실하고 무성해 잔뜩 기대하고 밭을 뒤집었는데 쭉정이만 다닥다닥 붙은 것. 별 기대 없이 호미를 넣었는데 애호박 만 한 열매를 여러 개 달은 놈. 모양도 크기도 고만고만한 열매를 오종종하게 단것 하며 외롭게 채 여물지 못한 열매 하나만을 달은 줄기도 있다. 땅속 깊숙이 하마터면 묻혀버리고 말았을 고구마도 있다.

번듯하게 자라 부모의 자랑이 된 자식도 있고 부모보다 일찍 세상을 버려 가슴에 묻은 자식도 있다. 평범해도 처자식을 건사하고 살뜰한 마음으로

부모를 챙기는 자식도 있다. 저 잘나서 큰 것 같아도 열매를 위해 지치지 않고 여름을 지낸 인내가 없었다면 꿈이라도 꿔 볼 일인가. 고구마를 추수하며 자식 다섯 낳아 반타작도 못 했다시던 할머니의 탄식이 실감 난다.

10
김장

새벽 들판 다 자란 배추들이 된서리를 맞고 있다. 배춧값이 없어 반년 농사가 허당이다. 갈아엎은 배추밭에 농부의 마음도 묻어버렸다. 여름부터 푸르러 늠름하던 들판이 쑥대밭이 됐다. 뒤엉켜버린 들판은 농부의 마음을 알까? 김장 하느라 산더미같이 쌓인 배추를 다듬던 모습은 먼 얘기가 되어버렸다.

그해 초겨울 겨울 채비를 하느라 몸도 마음도 바빠졌다. 이른 새벽 펌프로 길어 올리는 물줄기에서 하얗게 김이 서렸다. 지레김치 맛이 시들해질 무렵 품앗이로 김장하느라 한 달은 눈코 뜰 새가 없다. 분주해지는 어른들처럼 나도 덩달아 기분이 들떴다. 품앗이에 나선 엄마를 따라 공연히 이웃집을 기웃거렸다. 벌겋게 버무린 소를 한 움큼 넣은 쌈이라도 얻어먹을까 싶어서다. 그 맛이 못내 아쉬워 체면도 없이 엄마 주변을 서성거렸다.

시린 바람이 골목을 휘젓고 다녔다. 별 총총한 하늘 아래 배추가 절여지고 밤이 이슥하도록 무를 썰었다. 라디오에서 연속극이 왕왕거리고 애들은 무 밑동을 잘라 먹는 재미에 잠을 설쳤다. 절인 배추 고갱이는 달큼했다. 뭉텅뭉텅 돼지고기를 썰어 찌개를 끓이고 배춧잎을 뜯어 된장국을 끓였다. 그날에나 먹는 별미다. 김치 간을 보는 일은 뒷전이다. 윗방에 쌀 한 가마, 뒤란에 나란히 묻은 김치 항아리, 빼곡히 쌓아 놓은 연탄.... 부자가 따로 없다. 눈 내릴 일만 남았다.

11

명절

아무도 오지 않으면 섭섭하고 너무 많이 찾아오면 고단한 날이 명절이다. 명절엔 새롭게 등장한 가족들을 살갑게 맞이하고 자라는 세대들을 바라보는 기쁨이 있다. 늙음이 눈에 띄는 나이 앞에서 명절이 한 번 지날 때마다 '하나도 늙지 않았다'는 덕담에 기운을 얻는다. 세월이 비껴갈 수 없음을 실감하며 길 넘있더는 덕담을 잊지 않는다. 드러낼 수 없는 아픔은 삼시 묻어두어도 괜찮다. 어려서 이웃하며 함께 자란 친척은 팔촌도 사촌처럼 가깝다. 그들과 지낸 보물 같은 어린 시절이 어제처럼 생생하다. 명절은 가난하고 어려웠던 시절을 웃으며 돌이켜 보는 날이다. 그날이 아니면 먼 곳에 사는 피붙이들과 언제 그렇게 긴 얘기를 나눌 수 있을까? 살아온 얘기를 나누던 세대는 살아갈 얘기를 나눌 세대로 자리를 옮겨간다.

검푸른 하늘에 보름달이 떴다. 추석 연휴, 식구들을 떠나보내고 홀로 달과 마주한다. 별빛은 달 뒤로 모두 숨어버렸다. 벌레 소리도 멈춘 채 오롯이 달이 혼자 돋보이는 보름밤이다. 달은 검푸른 밤하늘을 배경 삼아 그윽하게 세상을 비춘다. 한가위다. 홀로 그렇게 아름답기가 얼마 만인가. 달빛 한 번 흔들고 지나간 바람에서 흠씬 가을 냄새가 난다.

12

금연유감

"화장실에서 담배 피우지 마세요." 아래층 여자가 전화를 했다. "여보, 정 그렇게라도 피워야할까?" "........." 남편은 집이고 밖이고 맘 놓고 담배 한 개비 피울 곳이 없다며 화를 냈다. 비 오는 날 우산을 쓰고 걸으며 피우는 담배를 멋스러워했다. 눈 오는 풍경을 내다보며 한 뼘 열어젖힌 창문 틈으로 빠져나가는 담배 연기를 낭만이라고 했다. 커피와 담배 한 갑만 있으면 아무도 부럽지 않고 하루가 행복하다는 사람이었다.

지난 가을 일본 여행 중에 모처럼 행복한 남편의 얼굴을 봤다. 그곳도 예외는 아니었지만 도시 곳곳에 '흡연실'이 있었다. 누구도 담배 피우는 사람을 무능한 사람 보듯 하지 않는다며 폼나게(?) 담배를 피웠다.

이젠 담배를 피워 문 그의 얼굴이 편안하고 행복해 보이지 않는다. 어깨를 움츠린 채 옹색한 표정으로 담배 불붙일 장소를 찾는다. 구석진 곳, 사람 없는 곳에서 숨어 피는 모습이 구차하다 못해 안쓰럽다. "이참에 끊지요~! 담배 값도 올랐는데...." 대답이 없다. '딱 끊었으면 참 좋겠구만'

13
따스함을 향해있다

　어머니는 명절을 쇠고 나면 몸살이 나셨다. 술상에 밥상에 찾아오는 일가붙이들을 위해 먹을거리를 장만하느라 늦도록 종종걸음을 치셨다. 빠듯한 살림에도 명절이면 뒤란 창고에 먹을거리가 쌓였다. 어릴 때는 그 많은 친척들을 놔두고 유독 우리 집으로만 모여드는 걸 이해하지 못했다. 어미 닭처럼 어머니의 품은 따스했다. 부모님을 일찍 여읜 조카들과 오 실 데 없이 홀로 되어 명절이면 유난히 외로움을 타던 고모까지, 좁은 방을 비집고 들어왔다. 방이 좁다고 툴툴거렸다가 뒤란으로 끌려가 호되게 매를 맞았다. 두런두런 알 수도 없는 오래된 얘기들을 자장가 삼아 좁은 방에서 칼잠을 잤다. 명절이어도 맛있는 음식이 남아나지 않았다.

　다가올 명절, 부모님 안 계신 우리 집으로 누가 찾아줄지 알 수 없다. 살면서 내 품이 얼마나 넉넉해졌는지 두고 볼 일이다. 햇살 퍼지는 창가로 겨울 화분들이 해바라기를 하고 있다. 사람도 식물도, 모든 것이 따스함을 향해있다.

14

가을에

    느닷없이 다가온 계절이 숨을 몰아쉰다. 창틈을 타고 내려앉는 이 바람이 얼마만이던가, 들숨에 바람을 삼키면서 자다가 웃었다. 8월은 얼마나 더웠던지, 성급했던 7월은 또 얼마나 데인 것처럼 뜨겁던가. 지난해의 오늘과 새로 맞는 오늘이 생판 다른 계절처럼 어여쁘다.

    들판은 일렁이고 날것들의 모든 알갱이들이 마디게 여물어간다. 허리춤까지 차오른 햇살을 보듬고 곡식이 익는다. 가는귀먹은 노인에게도 불어서 터질 듯 가을이 익는 소리가 들릴 것 같다. 햇살도 어느 틈엔가 바람 앞에 다소곳하다. 양말 벗은 발등에 도탑게 내려앉는 햇살이 싫지 않다. 문득 모가지 긴 가을꽃 핀 들녘으로 뛰어나가고 싶다.

15

이발소

명절 밑 목욕탕에 가서 묵은 때를 벗기고 이발소로 갔다. 아버지를 따라 우리들도 명절맞이 머리단장을 했다. 커다란 의자에 널빤지를 걸쳐놓고 앉아 머리를 깎았다. 쑹덩쑹덩 머리카락이 잘려 나가자 뒤통수가 반이나 드러나게 상고머리가 됐다. 바리캉 지나간 뒤통수로 자꾸 손이 갔다. 까슬까슬 짧아진 머리카락을 쓰다듬으면 손가락이 긴 길기겼디. 이발사 아저씨가 서슬이 퍼런 면도칼을 아버지 턱에 들이대면 무서워 얼른 눈을 감았다. '저러다 목을 베이지 않을까' 칼날이 지나갈 때마다 터럭이 거품을 물고 사라졌다.

신작로 한 귀퉁이에서 오래된 이발소를 발견했다. 수도 없이 지나쳤어도 거기에 이발소가 있는 것을 몰랐다. 이발비를 조금 더 내도 아깝지 않은 일급 기능사의 집이다. 포마드 단정하게 바르고 말쑥해진 아버지가 나오실 것 같다. 문득 까슬거리던 뒤통수가 생각나 머리를 매만진다. 이발소 앞을 지나자니 잊고 산 어린 날들을 손끝이 먼저 기억한다. 추석이 열흘 앞으로 다가왔다. 미장원에나 갈까? 아니 목욕탕부터 가야겠다.

16

성묘

"아버지, 저 왔어요. 자주 못 와 죄송해요." 1년 만에 성묫길에 올라 궁색한 변명을 늘어놓았다. 커피와 캔 맥주…. 생전의 아버지가 좋아하셨던 것들이다. 달달한 커피 한 잔과 차지도 뜨겁지도 않은 맥주 한 캔으로 제사상을 대신했다. 가지가 휘어지도록 대추가 익어갈 무렵 추석을 이틀 앞두고 아버지가 돌아가셨다. 그 해 명절은 아버지를 잃은 상실감과 자식노릇을 제대로 못 했다는 자책으로 얼룩졌었다. 해를 거듭하면서 그리움이 상실의 빈자리를 채워갔다.

대답 없는 아버지와 마주하고 커피와 맥주를 나눠 마셨다. 마신 맥주만큼도 눈물이 나오지 않아 민망했다. "또 올께요."기약 없는 이별을 했던 그때처럼 또 다시 아버지를 홀로 두고 왔다. 나는 참 무심하고 염치없는 자식이다.

17

찐만두

진열장에 수북이 쌓인 찐만두를 볼 때마다 부들부들한 빵 속에 든 기름 진 소가 떠오른다. 시내 중심가 뒷골목에 무시로 허연 수증기를 뿜는 만둣 가게가 있었다. 어쩌다 솥뚜껑을 열 때 가게 옆을 지나면 훅~! 하고 수증기 에 보태진 만두 냄새를 맡았다. 그럴 때면 꼴까닥 굵은 침이 목구멍을 타고 넘어갔다.

비 오는 날 우산을 들고 아버지께로 가면 만두를 사주셨다. 신작로를 따 라 한참 걷는 길이 지루하지 않았다. 그까짓 신에 물이 들어오는 것쯤이야 아무것도 아니었다. 비가 오려고 꾸물거리기만 해도 동생을 꼬드겨 집을 나 섰다. 만둣집 아저씨는 허옇게 밀가루가 묻은 손으로 뜨거운 만두를 집어냈 다. 찐만두는 집에서 빚은 것과 다른 맛이 났다. 그런 날은 뜻하지 않게 용 돈이 생긴 것처럼 하루 종일 기분이 좋았다.

어른이 되었어도 만둣집 앞에선 걸음이 멈춰진다. 먹음직해 보여도 어 린 날 먹던 그 맛이 아닐 것이다. 마트에 만두 부스가 들어왔다. 부스 앞에 는 아이들보다 나이 든 사람들이 더 많다. 군침을 삼키며 만둣집을 지나치 던 어린 날의 나도 거기에 서 있었다.

18

가을

"왜 못 온다니?" "아팠대요. 장염이 와서 열흘이나 입원했다서 오지 말라구 했어요." "그건 잘했는데 진짜 장염이래?" 이태 동안 피붙이 둘을 한꺼번에 잃은 엄마가 '입원'이라는 말에 정색하고 물으신다. "그럼요. 술 좋아하더니 생맥주 먹고 찬물 먹고 그러다가 탈 났대요." 말없이 부엌으로 가시더니 주섬주섬 음식을 담으신다. 동생네 주려고 만든 나물이랑 토란국을 한 보따리 싸왔다. 꼭 와야 할 식구가 빠진 명절은 말할 수 없이 허전하다. 지난해 추석엔 왕래가 없던 친척까지 와 넘치게 술자리를 폈었다.

명절 지나자 어쩐지 쓸쓸해져서 며칠이나 잠을 설쳤다. 명절에 오지 못한 동생이 잠시 짬을 내 다녀갔다. "먹을 것도 하나 두 못 싸줬다. 온다는 얘기나 하구 오던지, 금세 갈 걸 알았나. 많이 아팠나보데. 그 새 늙었더라."

명절 쇠느라 동네 화투방도 휴업이다. 덩그러니 텔레비전을 끼고 누운 엄마의 뒷모습이 베개만큼 작다. 밤비에 한 뼘이나 가을이 깊어 졌다.

19

이산가족

"조카님 맞지요?" 열 살은 어린 6촌 아재가 문자를 보냈다. 나이 든 내 얼굴에 어쩐지 돌아가신 어머니의 모습이 있더란다. 페이스북 덕에 소식 몰랐던 친척과 연락이 닿았다. 미국에 살고 있는 외가 쪽 아재들이다. 애틀랜타에 살고 있다는 소식이 페북으로 구체화됐다. 나보다 한 살 많은 아재는 마산에서 학교를 다니며 방학 때마다 춘천엘 왔다. 엄마는 그의 사촌누이였다. 종손인 사촌 동생을 각별하게 아끼셨다. 아재도 살갑고 정 많았던 내 어머니를 제 피붙이보다 더 따랐다. 착한 숙모를 만나 결혼한 후 두어 번 춘천에 다녀가고 그 후로 만나질 못했다. 피차 팍팍한 세상살이에 누굴 찾아볼 엄두도 못 냈다.

전화기 너머 목소리는 아주 오래전 그때와 다르지 않았다. 고단하고 오랜 이민 생활에도 어린 날들의 기억을 잊지 않고 있었다. 아재들과 나는 40년도 더 된 그 시간 너머에서 다시 만났다. 그날들은 고스란히 현실로 불려왔다. 묻힌 것 같은 오래된 얘기들이 어제 일처럼 되살아났다. 이제 소소한 일상과 접어둔 추억의 어느 갈피쯤을 공유하며 살 수 있게 됐다. 시공을 훌쩍 넘어 어제 만난 듯 서로의 안부를 물었다. 나이 듦을 확인하고 그냥 허허하게 웃었다.

20

골목

강원도청으로 오르는 길에 오래된 골목이 남아있다. 골목이 좁고 가팔랐어도 학교로 가는 지름길이었다. 떼 지어 학교로 오갈 때는 늘 그 길로 다녔다. 유난히 걸음이 빨라지는 곳이 있었다. 언덕 위 전도관이라고 불리던 교회 건물이 있는 곳이었다. 늦도록 불이 켜있고 영문도 모를 아우성이 문밖까지 들려 흉흉한 소문이 꼬리를 물었다. 혼자서는 지나다니기 무서웠다. 밤길에는 서넛이 가도 뒤통수가 당겨 구르다시피 언덕을 내려왔다.

사람이 떠난 건물은 폐허나 다름없이 방치됐다. 언덕이 깎여나가고 남루했던 교회와 주변의 판잣집들이 사라진 자리에 고층아파트가 들어섰다. 골목은 개발에서 벗어났다. 볼품없는 집들과 가파른 골목엔 떠나지 못해 남아있는 가난한 사람들이 있다. 빈집을 이웃 삼아 사는 사람들이다. 흐린 날엔 미처 골목을 빠져나가지 못한 연탄가스 냄새가 진동한다. 무심한 봄은 들판에만 가득하고 골목엔 늦게까지 겨울을 남겨뒀다. 옛것이 사라진 자리는 쓸쓸하다. 사람마저 떠난 자리를 보는 것은 더 쓸쓸하다.

21

단풍나무

늦은 봄, 5년생 단풍나무 한 그루를 심었다. 바람에 나부끼며 흔들리는 이파리는 사랑스럽다. 무성하게 자라 그늘을 만들고 가을날 단풍을 볼 생각에 들뜨기까지 했다. 내 집으로 옮겨왔으니 아침마다 잘 자라라고 말을 건넸다. 버팀목까지 만들어 주며 흔들리지 않고 뿌리내리기를 바랐다. 얼마 전 나무를 키우는 친구가 왔다. "당장 옮겨라. 탄력 받아 자라기 시작하면 감당이 안 돼." 마당 가운데 심어 놓은 단풍나무를 두고 하는 소리였다.

걷잡을 수 없이 자라 나무 주변 잔디까지 다 죽는다고 했다. 애써 키운 잔디가 죽는 것뿐 아니라 낙엽이 지기 시작하면 쓸어낼 수 없이 사방으로 잎이 날린다고 했다. 나무의 성장을 더디게 하려면 수시로 가지를 쳐주고 해마다 뻗어가는 잔뿌리를 잘라주라고 했다. 사람의 수고를 덜겠다고 자라는 나무를 끊임없이 못살게 구는 것도 못 할 짓이다. 저 혼자 볼 양으로 집채만큼 크는 나무를 화분에 가둬 분재를 만드는 사람을 흉보던 내가 아닌가!

막상 나무를 옮겨야 겠다고 마음먹고 나니 나무에 거는 기대가 전 같지 않다. 옮겨온 나무를 다시 옮길 생각에 마음이 무겁다. 나무는 알았을 것이다. 그곳이 제자리가 아님을, 맘대로 잎을 떨궈도 성가셔할 사람 없는 계곡 어디쯤이 제 자리인 것을. 오래전 나도 옮겨 심은 나무였던 적이 있었다. 낮선 숲으로 이사와 뿌리를 내리기까지 얼마나 호되게 몸살을 앓았던가. 옮겨진 자리에서 30년도 더 살았다. 뿌리를 내리고 식구를 불렸지만 여전히 내가 자랐던 그곳이 그리웠다. 나무에게 미안하다.

긴 시간의 강을 지나 우리는 얼마나 먼 길을 돌아왔을까? 우리는 자식이라는 동명의 이름으로 태어나 가족으로 묶였다. 우리가 자란 유년의 강과 우리가 살아 온 많은 기억엔 도탑고 사랑스러운 보살핌의 온기가 남아있다.

눈사람

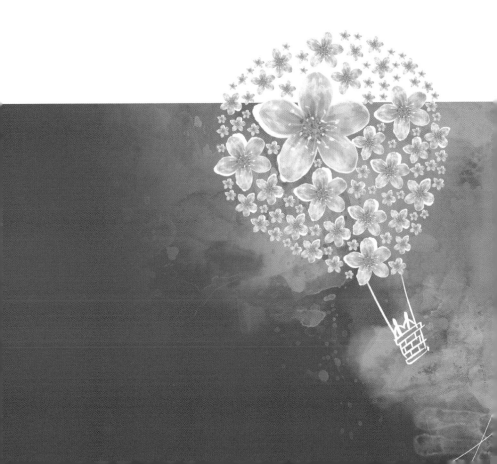

1

월정사에서

　입춘 지난 지 열흘, 골짜기의 겨울은 더 깊다. 월정사 가는 길, 녹은 눈이 다시 얼어 빙판이다. 숲은 여전히 눈 속에 갇혀있다. 나무를 털고 돌아 나온 바람이 옷깃을 파고든다. 겨울 산엔 이르게 해가 떨어졌다. 공양간의 밥 익는 냄새가 마당에 낮게 깔렸다. 눈밭을 지나는 스님들이 꿈처럼 아득하다.

　겨우내 쌓인 눈 더미, 그 사이로 좁은 길을 냈다. 달이 뜨기 전에 서둘러 돌아올 길이다. 이밥 같은 눈더미에 숟가락을 꽂아 넣을까? 겨울 산사는 적막에 잠겼다. 스님들의 동안거(冬安居)로 산은 더욱 고요하고 계절은 지치도록 무르익는다.

　겨울이 깊을수록 봄은 더 설레고 진지하게 기다려진다. 봄은 어디에서부터 시작되려는 것일까? 마른가지 사이로 내려앉은 햇살에 기대어 소리도 없이 깨알만 한 봄이 기지개를 켜겠지. 계곡은 다시 소리를 내고 푸른 이끼를 키워 갈 것이다. 어서 눈에 묶인 나무들이 서로 등을 대고 기운을 모으는 소리가 듣고 싶다.

2

번개탄

방을 덥힌다고 불구멍을 너무 오래 열어 뒀다. 밑불이 시원치 않은 걸 억지로 피워보려다가 죽이고 말았다. 연탄불 없이 겨울밤을 지낼 순 없다. 시간이 늦었어도 염치를 차릴 처지가 아니다. 까무룩 꺼져가는 연탄불을 살리려고 이웃집 아궁이를 들여다봤다. 연탄 한 장 집어 들고 갔지만 밑불 넉넉한 집이 많지 않았다. 맹렬하게 불이 붙었어도 아래 탄은 오징어 한 마리 구워질 기운도 남아있지 않았다.

툭하면 불을 꺼뜨리던 초보자에게 혜성처럼 번개탄이 등장했다. 연탄값에 맞먹게 비싸지만 늦은 시간에 불이 꺼져도 살릴 길이 있었다. 남의 집 아궁이를 기웃거리며 밑불을 얻을 일도 없어졌다. 마술처럼 성냥불 한 번 그어 붙이면 시커먼 연기를 뿜고 불꽃이 춤을 춘다.

번개탄이 불붙이는 것이 어디 연탄뿐일까. 번개탄을 피워놓고 고기 구워 술 한 잔 나누면 데면데면 식은 마음에 불이 붙는다. 출출한 오후 시장 어귀에서 고기 굽는 냄새가 난다. 누군가의 얼음장 같은 마음이 녹고 있나보다.

3

불장난

겨울 저녁은 금세 어둠을 몰고 왔다. "불장난 하다가 오줌 싼다." 내일은 동짓달 열사흘, 생일인 내게 특별히 허락된 불장난이다. 빨갛게 달궈진 부지깽이를 눈밭에 찔러 넣었다. 하얗게 연기를 내며 피식~! 식어가는 재미가 쏠쏠하다. 불 앞에 앉으면 얼굴도 손도 빨갛게 익어 후끈거렸다.

탁!탁! 불이 잦아지면 불 가장자리에 감자를 묻었다. 기억 속의 아궁이에는 아직도 불씨가 남아있다. 부지깽이로 뒤적이면 새까맣게 그을리며 익어가는 감자가 툭 튀어나올 것 같다.

4

실연

저를 데려가 주세요. 저도 한 때 사랑의 정표였답니다. 매일 따뜻한 방에서 주인을 기다렸지요. 사랑하는 이를 바라보는 듯 사랑스러운 눈길을 받으며 살았습니다.

사랑이 떠난 자리에 더는 머물 수가 없어 찬 눈밭에 버려졌답니다. 그래도 혹시나 사랑이 다시 찾아와 나를 데려갈 지도 모르지요. 부질없는 욕심을 내고 있는 것은 아닐지. 오늘 밤은 불 꺼진 전 주인의 방을 쳐다보며 섭섭함을 내려놓을까 합니다.

막상 집을 떠나니 또 다른 소망이 생깁니다. 그래서 희망이라는 게 생겼습니다. 눈에 젖고 때가 타기 전에 새로운 사람을 만나고 싶습니다. 예전처럼 다시 사랑의 선물이 될 수는 없을까요?

5

얼음판

"아빠, 아직 멀었어요?" "한 숨 자고 나면 할머니 댁이다."

잠 깬 아이들을 다시 재우고 밥을 두 끼 먹고야 고향 땅에 닿았다. 꽁꽁 언 강바닥이 눈 치운 자리 위로 말갛게 드러냈다. 동네 사람들이 설 쇠러 온 꼬맹이들을 위해 얼음판에 만국기를 달았다. 펄럭이는 깃발 아래 아이들보다 어른이 더 신나는 썰매장이다. "아빠 어렸을 때, 엄마도 어렸을 때 여기에서 놀았다." 뚝딱뚝딱! 삼촌이 세상에 하나 밖에 없는 썰매를 만들어 줬다. 굵은 철사를 불에 달궈 날을 붙인 썰매를 타면 부러울 게 없었다.

입김으로 언 손을 녹이며 굴뚝에 연기 오를 때까지 쉬지 않고 놀았다. 놀기만 해도 잘 자라는 때가 있었다. 놀 곳이 없어서 하루 종일 학원 다니고 게임하지 않아도 온 천지가 놀이터였다. 오늘은 얼음이 하얗게 셀 때까지 놀 작정이다. 강아지가 컹컹 아이들을 부를때까지.

6

가족

시린 바람 피할 곳이 없다고 낙심하지 말자. 서로 따습게 기대어 몸을 덥히면 그깟 겨울이야 순식간에 가버릴 것이다. 황소바람 몰아치는 겨울 모퉁이, 보잘것없고 궁색한 잠자리라도 우리가 함께 있음을 다행으로 생각하자. 거친 바람 가릴 것이 없어도 어미 품을 파고드는 저 어린것들의 간절한 생명을 바라보면 두려워할 것이 없다. 우린 가족이니까.

아버지는 더 춥고 배고프던 겨울도 지내셨단다. 가난으로 지쳐도 새 생명은 잉태되고 제 먹을 것은 다 갖고 태어난다며 탄생을 축복했었다. 그래도 그 겨울을 살아 낼 수 있었던 것은 서로를 품을 수 있었기 때문이다. 가족이라고 꼭 사랑스럽기만 한 것은 아니었다. 원망이 자라고 애증으로 더는 못 봐주게 미울 때도 있지만 사랑했던 날이 더 많아 서로를 용서하며 다시 품었다.

다 자라 제각기 갈 길을 가기 전까지 한 어머니 아래 실타래처럼 묶여 있었다. 누구랄 것도 없이 차츰 제 실을 잘라내고 우리는 봄이 되기도 전에 그 품을 벗어났다. 남겨진 것은 너와 나, 우리와 어머니를 묶어 놓았던 매듭뿐이었다. 매듭은 끊을 수 없는 혈육처럼 스스로 풀어지지 않는다. 서로 묶였던 그 자리엔 우리만이 기억할 수 있는 온기가 남아있다. 우린 가족이니까.

7

설날특선영화

설이 되기 전부터 길목마다 영화 포스터가 붙었다. 무수히 박힌 호치키스 핀들이 새 포스터로 가려졌다. 설날 아침 두둑한 세뱃돈을 들고 극장으로 갔다. 이미 줄이 꼬리를 물었다. 좌석이 따로 없으니 먼저 앉는 사람이 임자, 통로에도 앉고 벽에 붙어 서서도 영화를 봤다.

영화 시작 전 일제히 일어서서 '애국가'를 따라 불렀다. '대한 뉴우스'와 예고편도 영화 못지않다. 우리가 보았던 영화는 늘 해피엔딩이었고 너무 빨리 끝났다. 배가 고플 때까지 되풀이하며 볼 수 있었던 영화를 명절엔 한 번 밖에 볼 수 없었다. 아쉬울 사이도 없이 아저씨들은 영화가 끝나기가 무섭게 극장 문을 열고 사람들을 내보냈다. 극장 밖은 딴 세상이다. 햇볕 아래 영화의 주인공들은 백일몽 속으로 사라졌다. 영화의 장면은 한동안 아이들의 일상에서 재현됐다. 서부영화의 주인공이 되고 돌아오지 않는 해병이 됐다.

수십 번의 명절을 쇠는 동안 셀 수 없이 많은 영화를 봤다. 명절이 되면 텔레비전에서 오래된 영화를 볼 수 있지만 그날의 감동은 아니다. 20년쯤 지나 우연히 길에서 만난 첫사랑처럼 빛바랜 설렘으로 어색했다. 올 설에는 극장을 한 번 가볼까?

8

그해 겨울

　"엄마, 머리 아파. 머리 아파!" 아이가 악을 쓰고 울어 댔다. 눈 내리던 밤, 온 식구가 연탄가스를 마셨다. 아이는 죽겠다며 울고 애 울음소리에 비척비척 꽁꽁 닫은 문을 박차고 나왔다. 동짓달 바람이 폭풍처럼 방으로 밀려들었다. 하늘도 빙빙 돌고 툇마루 바닥도 빙글빙글 돌았다. 동치미 국물 한 사발을 마시고도 두 발로 서질 못했다. 체면도 없이 속옷만 입고 마당에 널브러졌다. 사람들의 고함이 귓전에 맴돌았다.

　신문에 연탄가스 중독으로 죽은 사람들의 기사가 하루도 빠지지 않았다. 순의 언니는 교대를 졸업하고 초임발령지 여인숙에서 연탄가스를 마셨다. 스물셋, 피어 보지도 못하고 세상을 떠났다. 실성한 사람처럼 멍하게 이태를 살았던 순의 엄마도 연탄가스로 딸의 뒤를 쫓아가고 말았다. 겨울이면 매캐한 연탄가스가 골목을 채웠다. 벌어진 문틈으로, 갈라진 구들을 뚫고 연탄가스가 사람을 잡았다. 한 해 겨울에도 여러 번 통곡 소리와 실성한 눈빛들이 골목을 휘감았다. 이제 연탄은 도심 변두리 사람들의 방바닥을 덥히고 있다. 그해 겨울처럼 궂은날 골목에 갇힌 연탄 냄새가 코를 찌른다.

9

도루묵

　꼭 이맘때다. 겨울 초입, 땅에 묻은 독마다 김치를 수북이 담아 놓을 적에 도루묵이 지천이었다. 리어카에 가득 도루묵을 싣고 다니며 삽으로 퍼서 팔았다. 별맛도 아닌 것이, 그저 맹탕인 알만 툭툭 입속에서 터지는 심심한 맛이다. 김장하는 날, 고춧가루를 풀고 숭덩숭덩 숟가락으로 무를 떠 넣은 도루묵찌개를 먹는다. 김장독 묻을 구덩이를 판 아버지 밥상이 먼저 차려졌다. 알 든 놈은 아이들 차지, 알 없는 놈은 아버지가 드셨다. 남은 것은 새끼로 엮어 매달았다. 연탄불에 구워 손에 검댕이를 묻혀가며 먹었었다.

　한동안 도루묵 구경을 못 할 때가 있었다. 일본으로 수출하느라 시장에선 찾아볼 수가 없었다. 터지게 알이 꽉 찬 도루묵이 금값이었다. 귀하다니까 별미도 아닌 것이 먹고 싶어지기도 했다. 다시 도루묵이 흔해졌다. 별맛도 없는 것이..., 그래도 자꾸 생각나는 뜨끈한 도루묵찌개다. 요즘 알 도루묵이 한창이라지?

10

떡

"바뀌지 않게 잘 지켜라." 설을 앞두고 떡쌀을 지키느라 보초를 섰다. 제 집의 함지를 지키는 애들이 방앗간 앞에 줄을 섰다. 줄이 한 칸씩 줄어들 때마다 함지를 앞으로 밀어냈다. 골목까지 늘어선 함지박 뒤로 계속 줄이 이어졌다. 떡을 기다리는 일은 오래 걸리고 지루했다. 우리는 그저 떡쌀을 지키다가 시루에 들어가기 전에 엄마한테 알리는 임무를 받았다. 방앗간 아저씨는 한겨울에도 웃통을 벗어던지고 떡을 쪄냈다. 위아래로 섞이는 떡시루는 모두 임자가 달랐다. 누구네 집 떡인지 용케도 제 것을 찾아갔다. 떡 판을 거꾸로 판 위에 던져놓고 나무 공이로 마구 틀 속에 집어넣어 가래떡을 뺐다. 미끄러지며 물속에 곤두박질 친 떡을 건져 기계처럼 잘랐다.

명절 때마다 '방앗간에서 남의 떡을 쪼끔씩 떼어서 명절을 쇤다'는 치사한 소문이 돌았다. 소문만 있고 본 적도 없는 그때 혹시 떼어 먹혔을지도 모를 떡이 오랫동안 아까웠다. 기계 속에 하얗게 박힌 떡이 제 것 같아 지어낸 소리였다. 명절이라고 특별히 떡 할 일이 없다. 식구가 줄어 시장에서 조금씩 사다 먹는 것이 낫다고 생각해서다. 설이 가까우니 문득 뽀얗게 줄 맞춰 누운 가래떡이 생각난다. 그때 떡쌀을 지키던 애들은 다 어디로 갔을까?

148

11

설날

섣달그믐 밤은 더디게 지나갔다. 자다가 몇 번이나 문밖을 내다봤다. 잠든 새 내리기 시작한 눈이 장독 위로 백설기처럼 쌓였다. 달 없이 깜깜한 하늘에서 찐 쌀가루처럼 부푼 눈이 쏟아졌다. 아침은 쉬 오지 않고 잠 깬 강아지만 덩달아 낑낑거렸다. 받지도 않은 세뱃돈을 미리 헤아리며 웃다가 잠이 들었다.

설날 아침엔 친척 아이들이 모여 돈 자랑을 했다. 하루 종일 받은 세뱃돈을 수십 번도 더 세어봤다. 기쁨도 잠시, 우리들의 세뱃돈은 '저금'이라는 미명으로 어머니께 압수당했다. 용돈이 궁할 때마다 맡긴 돈이 생각났지만 한 번도 돌려받지 못했다. 궁벽한 살림에 명절을 지내느라 허리가 휘청했을 부모님의 사정은 다 크도록 몰랐다. 설날은 먹을 게 지천이고 주머니도 두둑했었다. 영화도 보고 짜장면도 사 먹었다.

20년 남짓 받았던 세뱃돈을 30년째 돌려주고 있다. 해마다 이맘때면 '다 큰 녀석들에게도 세뱃돈을 줘야 하나…' 고민에 쌓인다. 새댁 때부터 한 번도 빼놓지 않고 시어머니께 세뱃돈을 받았다. 쑥스럽지만 기분 좋다. '너무 쪼끔이라 민망해 봉투에 넣었다'는 말을 잊지 않으신다. 아직 세뱃돈을 주실 어른이 있다는 게 얼마나 큰 힘이 되는지 애들은 모를 거다. 올 설엔 큰맘 먹고 '다 큰 녀석들'까지 세뱃돈을 챙겨볼까 한다.

12

도시락

난로 몸통이 뜨겁게 달궈졌다. 넷째 시간, 주번이 수업 중에 일어나 딴 짓을 한다. 수북이 쌓여있는 도시락의 위아래를 바꾸는 일이다. 아이들의 신경은 도시락에 쏠려있다. 솔솔 김치 익는 냄새로 눈은 칠판에, 마음은 도시락에 가 있다. 밥 익는 냄새에 뱃속은 요동을 친다. 누군가의 도시락이 눌어붙는가 보다. 주번이 미처 옮기지 못한 도시락이 새까맣게 타고 있다. 수업시간은 왜 그렇게 더디게 가는 것인지. 김 모락거리는 뚜껑을 열자 교실은 김치볶음밥 천지. 겨우내 아이들의 도시락이 난로 위에서 구워졌다.

그땐 몰랐다. 한 반에 70명이나 되던 아이들의 숫자보다 도시락은 왜 그렇게 적었었는지. 점심시간마다 호주머니에 손을 집어넣고 집으로 달려가던 친구들의 모습을 눈여겨보질 못했다. 조금만 뒤돌아볼 줄 알았다면, 교실을 빠져나가던 친구들이 먼 길을 가지 않아도 되었을 것. 생각 없이 먹고 아무것도 아닌 것 같았던 옹색한 도시락엔 어린 나이로는 가늠할 수 없었던 애틋함이 들어있었다. 오토바이로 배달된 '추억의 도시락'에는 '추억'만 담겨있다. 뚜껑을 열면 훅 끼쳐 올 그날의 그리움은 들어있지 않다.

13

겨울 바다

입영을 하루 앞두고 3월의 바다에 뛰어들었다. 사랑이 깊어 오히려 나를 얽매는 사람들, 자유로움, 거칠 것 없었던 스무 살의 저항을 바닷물에 던졌다. 그 바다는 만만했던 한 여름의 바다는 아니다. 얼음장 같은 물속에서 심장은 더 빠르고 강하게 요동쳤다.

나는 군대로 떠난다. 견뎌낼 혹독함이 어디 훈련뿐일까. 두고 온 날들과 익숙했던 일상의 재미를 떠나보내는 것도 아픔이다. 친숙했던 사소함, 나와 세상을 잇고 있던 정보의 그물과도 작별할 시간이다.

아버지는 바닷물에 뛰어드는 나를 말리지 않았다. 주체할 수 없이 끓는 피에 두려움과 부러움이 포개진다. 빛나는 인생의 봄날, 입영열차에 몸을 실었다. 오늘은 내 기억의 한 부분에 도려낼 수 없는 굳은살로 남을 것이다. 나는 2년 후 다시 이곳으로 돌아올 것이다. 잠재웠던 청춘을 되찾기 위해 다시 바다에 뛰어들 것이다.

14

망태와 산타

어둠 속에 가둬뒀던 그 영감을 30년 만에 꺼냈다. 산타할아버지에 밀려 숨어 지낸 망태 영감이 어린 손녀 때문에 세상으로 나왔다. 밥상머리에서 떼를 쓰는 어린것에게 나도 모르게 불쑥 튀어나온 것이 망태 할아버지다. 때마침 어스름에 컹컹 개짖는 소리까지 났었다. 우왕~! 울음을 터뜨린 아이에게 "망태 할아버지 왜씨!"라며 일석에 쫓아버렸나. 세상 구경을 시작한 망태 영감은 좀처럼 사라지지 않는다. 망태 영감을 한 번씩 불러낼 때마다 오래전 내게도 왔음직한 두려움에 웃음이 난다. 털털거리던 경운기 소리도 망태였고 문을 열어젖힌 바람 소리도 망태였다.

아이가 속삭인다. "나는 망태 할아버지보다 산타할아버지가 더 좋아." 호시탐탐 아이를 겁주던 망태 영감을 아이가 좋아할 리 없지. 일 년에 한 번 '말 잘 듣는 아이'에게 갖고 싶던 장난감을 주고 가는 산타의 능력이 빛나는 12월이다. 아이가 산타를 믿으면 어쩐지 기분이 좋아진다. 나의 어린 날엔 산타가 없었지만 다 크도록 이맘때면 산타를 기다렸었다. 착하고 순전한 마음에 망태보다 산타가 더 오래 기억되었으면 좋겠다. 크리스마스가 다가온다.

15

만두

선달그믐엔 온 가족이 둘러앉아 만두를 빚었다. 자글자글 난로 위에서 끓는 다시 물에 퐁당퐁당 만두를 넣었다. 자고 나면 얼굴이 만두처럼 부풀 망정 욕심껏 배를 불렸다. 엄마는 잠든 아이들 머리맡에서 늦도록 만두를 빚으셨다. 지독하게 추운 날은 잠깐만 내어놓아도 만두가 돌덩이처럼 얼었다. 장독 위에 소복이 쌓아 둔 만두를 보면 배가 불렀다.

춥지 않은 겨울을 몇 해 보내다가 모처럼 매서운 날씨를 만났다. 문고리가 손에 달라붙을 만치 찬 날씨. 설을 앞두고 나도 만두를 빚었다. 어린 것들을 재워놓고 만두를 빚으시던 젊고 건강했던 엄마의 모습을 떠올린다. 사람은 가도 기억 속에 엄마는 여전히 만두를 빚으신다. 펑펑 눈 쏟아지는 문밖에서 고라니 짖는 소리가 들린다. 겨울밤은 속절없이 깊어 간다. 먹을 것 찾아 내려온 동물들이 쏘다니며 밤새 발자국을 남겼다. 겨울이 가나보다.

16

소양1교

 강을 건너는 다리는 그게 전부였었다. 강은 도심을 강북과 강남으로 나누고 다리는 다시 그곳을 이었다. 여름마다 물이 불어난 강을 내려다보며 오금이 저렸다. 시퍼렇게 얼어붙은 겨울 강도 차마 내려다볼 수 없이 무서웠다.

 세월 앞에 다리는 왜소하고 볼품없어졌다. 차량은 느리고 조심스럽게 일방으로 다니고 자전거를 탄 사람들이 자동차보다 빠르게 다리를 건넌다.

 다리는 한때 드라마 촬영지였었다. 오래되고 낡아 어디에도 없는 천연 세트였다. 드라마의 인기에 편승해 한동안 '사랑과 야망의 다리'로 불렸다. 세월 앞에 사랑도 야망도 강물에 묻혀 흘러갔다. 나이 들어 병원을 찾는 노인들처럼 다리도 무시로 덧대고 고치며 수명을 늘려왔다.

 그래도 마음속에 아직 그 다리가 유일한 통로로 기억되는 이유는 강물에 숱하게 뿌려졌을 입김과 웃음과 눈물이 있어서다. 겨울의 강과 봄부터 가을로 이어지는 강의 표정은 삶의 고비마다 달랐다. 그해 그 겨울 강가에서 사랑을 잃어 울고 어느 해 봄, 그 강가에서 아이와 함께 행복했었다. 다리는 교각을 겨울 강에 담근 채 오래 버티고 있다. 눈 펑펑 쏟아지는 날 강을 보러 가야겠다.

17
눈 내리는 날에

겨울 가뭄 끝에 내리는 소낙눈이 반갑다. 차를 타고 눈을 맞으러 나갔다. 자동차는 온몸으로 눈을 끌어안고 눈송이도 가슴으로 달려든다. 언제 저리 뜨겁게 누군가를 안아본 적이 있던가. 뭉시긴 벌미를 흘끼면 저리 쏟아질까? 그칠 기미 없이 내리는 눈이 좋아 구름 짙은 곳을 향해 달려갔다. 눈은 한 나흘쯤 내리면 좋으리. 죽은 듯 잠자는 나무가 속삭인다. '야금야금 녹여 가을부터 참았던 갈증을 다 풀어내리라고.'

18

겨울나무

뜰에 심은 나무마다 이야기가 있다. 집 지을 터를 닦으며 담을 두른 영산 홍, 식목일에 얻어다 심은 구찌뽕나무, 울타리 밖에 자라야 좋다 해서 담 밖에 심은 대추나무.... 올 들어 첫 추위라는 호들갑에 가장 마음이 쓰이는 나무는 어머니가 사 주신 3년생 모과나무다. 파장하는 나무 시장에서 샀다. 경기도에서 자란 모과나무는 해마다 짚으로 갈무리를 해야 할 만큼 추위에 약하다. 바람을 막을 수 있는 양지바른 땅에 자리를 잡았다. 옮겨 심은 나무는 잎을 내지도 못하고 몸살을 앓았다. 가을이 저물어갈 무렵 단풍이 드는가 싶더니 다른 나무보다 이르게 낙엽이 졌다.

객지로 자식을 떠나보내며 마음속에 나무 한 그루가 자란다. 다 자란 자식도 부모 곁을 떠나면 벌판에 홀로 선 겨울나무가 된다. 따슨 방에 누우면 허허벌판에 혼자 있을 나무가 못 미더워 뒤척인다. 젓가락 같은 나무도 겨울을 이겨내더라고 말해주지 못했다. 스스로 겨울을 이겨낼 때까지 기다릴 밖에. 아직은 봄을 그리기엔 계절이 이르다. 나무는 너나 할 것 없이 겨울을 견뎌야 한다. 마디가 깊은 대추나무와 엉성하게 자란 호두나무, 유난스레 추위를 타는 모과나무도 같은 바람과 눈을 맞는다. 깊은 잠에 빠진 나무 위로 겨울빛이 눈부시다.

19

빙벽을 오르며

그렇게 한 발씩 천천히 오르세요. 힘에 부친다고 오래 멈추지 마세요.
아이스바일을 얼음에 꽂으며 힘차게 오르는 당신이 자랑스럽습니다.

밧줄을 단단히 붙잡으세요. 희망이라는 이름으로 세상과 이어주는 당신
의 동역자랍니다. 떨어지는 얼음 조각쯤 아무것도 아니지요.
이런, 눈까지 내리네요. 주저하지 마세요.
두려워할 것은 '두려움' 그 자체니까요.

빙벽 깊숙한 곳에서 숨죽인 물소리를 들었나요?
푸르게 피어날 봄의 기지개랍니다.
당신의 겨울 뒤에 함께 깨어날 봄꽃의 속삭임 아닐까요?

20

크리스마스카드

겨울 즈음 미술 시간에 크리스마스카드를 만들었다. 나는 이발소에 걸린 그림을 본떠 연기가 피어오르는 통나무집을 그렸다. 지붕엔 눈이 쌓이고 하늘에서 별이 내려앉았다. 눈사람과 눈 덮인 소나무, 색종이를 오려 붙이고 '메리 크리스마스'도 빠뜨리지 않았다. 특별히 좋아하는 친구에게는 금빛, 은빛 가루를 뿌려 멋을 내고 천사의 날개가 그려진 카드를 보냈다. 빤한 문구를 써 놓고도 스스로가 대견했다. 카드 만들기가 끝나면 겨울방학이 시작됐다.

학년이 올라가면서 카드 그리기도 시들해졌다. 대신 문구사에서 산 예쁜 카드를 보내기 시작했다. 음악이 나오고 미로처럼 그림이 얽힌 카드는 오랫동안 책상 한구석을 장식했다. 그마저도 흐지부지해져 카드를 보내는 것도 받는 일도 뜸해졌다. 해마다 이맘때면 휴대전화기에 그림 같은 카드들이 넘치게 쏟아진다. 손때가 묻은 조잡하고 볼품없었던 크리스마스카드가 그립다. 그 많던 카드의 수취인들은 어디로 갔을까.

이 무렵의 강엔 겨울바람이 분다. 마른 풀 사이로 새들의 움직임이 분주하다. 남아서 계절을 견디거나 떠날 채비를 하는 새들이다. 앞서가는 계절보다 더 나이 듦이 느껴진다. 움츠러드는 몸뚱이가 못마땅해 강가로 갔다. 걷자고 했지만 부는 바람에 걸음이 빨라졌다. 쿵쿵 걸음을 따라 심장 소리가 먼저 간다.

가만히 눈감고

1

터널 앞에서

수술 마친 후 마취에서 깨어나도 잠이 쏟아졌습니다. 깨어 있어야 하기 때문에 간병인은 필사적으로 잠을 깨웁니다. 그러자면 계속 환자에게 말을 시켜야 합니다. 낯선 이와 서너 시간을 얘기하기란 쉬운 일이 아닙니다. 잠을 깨울 수 있는 가장 효과적인 이야기의 주제는 추억에 관한 물음입니다. 사랑하는 사람들의 얘기와 어릴 적 시시콜콜하고 하찮은 기억들이 잠을 몰아냅니다.

아버지 자전거 뒤에 매달린 고등어자반, 한밤중 오줌 누러 나왔다가 본 장독 위의 소복한 눈, 소풍, 소나기 오던 날 교문 밖에서 우산 들고 기다리던 엄마의 모습, 심술이 나서 일부러 가져가지 않은 도시락을 들고 오신 할머니.... 아이의 첫걸음마와 초등학교 입학식에 입혔던 새 옷과 운동화, 아이가 그린 내 얼굴.... 까무룩 넘어가던 졸음고개에서 불현듯 살아날 수 있다는 희망이 생깁니다. 아주 잠들어버리기엔 살아갈 날도 살아 낼 일도 너무 많이 남아있습니다. 그치지 않는 비가 없듯 끝나지 않는 터널도 없습니다.

2

멈춤

오래전 아이를 낳고 한 달을 친정에서 지냈다. 오롯이 아가와 하루가 멀다 하고 찾아오는 남편을 만나는 것이 전부였다. 금줄이 처진 대문을 들어서는 이도 없었고 햇살과 바람만 드나들었다. 진하게 끓인 미역국과 씻은 김치와 두부가 먹을 것의 전부였다. 어미가 됐다는 것을 실감하며 그렇게 한 달을 지냈다. 그 시간은 아기를 보호하고 친정엄마는 딸과 외손자를 보호할 일에 목숨을 건 시간이었다. 농익은 봄 햇살에 처음 아이를 데리고 나가 햇볕을 쬐어주셨다. 눈을 찡그린 아이의 볼 위로 햇살이 부서져 내렸다. 아이와 함께 봄 햇살 아래서 어지럼증을 느끼며 목구멍까지 알 수 없는 기쁨이 솟아올랐다. 그 한 달의 시간은 흐르지 않고 멈춤으로 기억됐다.

그 멈춤의 시간이 다시 시작됐다. 세월만 30년쯤 지났을 뿐 내 새끼들과 보금자리를 지키려는 어미의 간절함은 다르지 않다. 전염병에 노출되지 않고 혹여 나로부터 옮아갈지도 모를 두려움으로부터 가족과 이웃을 지켜야 할 멈춤이다. 일상은 소심하게 이어졌다. 느리게, 조심스럽게.... 싸돌아 치고 싶은 갈망과 전망 좋은 카페에서 즐기고픈 차 한 잔의 유혹도 물리쳤다. 집밥을 먹고 겨울옷을 정리하며 '멈춤'의 해제를 기다린다. 봄볕아래 벚꽃이 다 지기 전에.

3

만년필

삐뚤빼뚤 영석이 글씨는 못나기로 소문났다. "네 글씨는 하얀 종이에 까만 깨를 볶아서 콱 뿌려 놓은 것 같다." 꿀밤 한 대씩을 맞는 쓰기 시간마다 영석이는 볼멘 얼굴이 됐다.

선생님은 "글씨를 잘 쓰려면 펜글씨를 써야한다."고 하지만 영석이의 펜글씨는 더 엉망이다. 잉크만 잔뜩 머금고 애꿏게 공책만 뚫는다. 잉크병에 넣어 둔 스펀지에 구멍이 나도록 연습해도 좀처럼 나아지지 않았다.

겨울방학 영석이의 숙제는 펜글씨 연습. 방학이 끝나자 가지런하고 큼직한 글씨로 공책을 가득 채워왔다. 졸업식 날, 영석이는 선생님으로부터 빛나는 졸업장과 만년필을 선물로 받았다. 까만 교복 윗주머니에 반짝거리던 만년필, 영석이는 아직 그 펜을 갖고 있을까?

Pilot
Real Black Ink
Pilot
Real Black Ink
Pilot
Blue Black Ink

4

재봉틀

빈방에 어머니의 작은 발이 수도 없이 움직였을 재봉틀이 있다. 아직도 미끄러지듯 바늘이 오르내린다. 촘촘한 바느질 땀 속에 우리들의 어린 날과 엄마의 젊은 날들이 박혀있다. 소매 끝 풀어진 실밥처럼 가난은 좀처럼 감춰지지 않았다. 구멍 난 옷을 깁고 큰 옷을 줄여 입히면서 얼른 커서 어른이 되라고 하셨다.

"어려서 복은 개복이다. 이담에 돈 많이 벌어서 좋은 옷 입고 잘 살면 된다." 낡은 옷을 수선해 입힐 때마다 하시던 혼잣말이다. 낡아서 입기 싫었던 옷도, 어려서 복은 개복이라던 어린 시절도 기억 저편으로 멀어졌다. 나는 그 개복을 벗어나 이제 더는 옷을 기워 입지 않는다. 어른이 되자 옷보다 마음이 더 낡아졌다. 공허함도 수선이 될까?

5

얼굴 반찬

아이들이 집을 떠나고는 혼자 밥 먹는 날이 많다. 아내가 차려놓은 점심은 마주할 얼굴 없이 먹는다. 언제부턴가 무엇을 먹는다는 것보다 누구와 먹을까가 더 신경이 쓰였다. 젊은 날 먹어볼 것 없이 초라한 밥상도 숟가락을 부딪치던 식솔들이 있어 먹는 것 같았다. 생선 한 마리를 혼자 다 먹고 장조림 한 종지를 다 비워도 마주할 얼굴이 없는 밥상은 그 맛이 그 맛이다.

홀로 밥을 먹는 날이 많아지면서 시끌벅적하던 밥상머리가 그리워 텔레비전을 켜고 밥을 먹는다. 눈은 딴청을 부려도 밥숟가락은 입으로 들어간다. 다 읽은 신문을 다시 펄럭거리며 먹을 때도 많아 혼자 먹는 밥은 늘 목구멍까지 차오른다. 잔소리도 투정도 털어놓을 곳 없어 밥과 함께 삼키니 얼굴 없는 밥상은 과식이게 마련이다.

젊은 날, 야박하게 고기 한 점 없는 밥상을 차려냈다고 잔소리하고 맵니 짜니 맛이 어떻다니 유세를 떨었었다. 그땐 몰랐었다, 얼굴이 반찬이고 말이 양념인 것을....

6

나이 듦에 대하여

"10년은 젊어 보이시네요!" 고맙다고 해야 할까? 기분 좋은 티를 내기도 민망하고…. 거울 앞에 서서 남 보기에 몇 살이나 먹어 보일지 나이를 가늠해 본다. 지금 보다 10년을 더 들어 보여도 10년 젊은 것이 낫겠다. 동안(童顔) 밑바탕에 웅크린 나이 듦이 공연히 우울하다. '애들 크는 것 보면 우린 정말 나이 먹는 것 아니야.'라는 말도 너무 많이 써먹었다.

신문에서 전국 콘서트 투어를 시작하는 가수 조용필의 나이를 읽고 말았다. 세상에, 언제 조용필이 70살이 넘었대? 텔레비전에서 본 그의 팽팽한 얼굴을 보고 나도 내 나이를 잊고 있었나보다. 칠순을 훌쩍 넘겨버린 원조 '오빠가수'의 나이 듦이 남의 일 같지 않다.

정신없이 나이를 먹는 동안 자식들이 어른이 됐다. 언제나 제 밥벌이를 하려는가 걱정하는 사이 정수리에 희끗희끗 흰머리가 비집고 나왔다. 고령화시대 나이계산법 '실제 나이×0.8'로 기운을 낸다. '그래, 아직 40대 중반이야! 인생 2모작을 시작해도 늦지 않을 나이 아닌가!'

7

책가방

입학식 날, 새 책을 받아 왔다. 혹시 새 가방을 사주시지 않을까? 그러면 그렇지! 어머니는 형이 쓰던 가방을 빨아 말리고 계셨다. 손잡이의 꼬질꼬질한 손때는 아무리 빨아도 지워지지 않았다. 교복도 모자도 사전도 형이 쓰던 것을 물려 받았다.

"공부 잘하던 형이 쓰던 가방이다. 너도 형 닮아 이 가방 들면 공부 잘할 거다. 고등학교가면 새 가방 사주마."

등교 첫날, 어머니는 식구들 몰래 달걀 다섯 개를 삶아 주셨다. 삶은 달걀은 하루 종일 가방 속에 있었다. 집으로 돌아오는 길, 목이 메도록 까먹었다. 그리고 보니 가방도 아주 낡아 보이진 않는다. 형 닮아 공부 잘하면 정말 고등학생 때 새 가방을 사주시지 않을까?

8

꽃보다 할매

꽃길로 산책 나온 우리 할매. 믿거나 말거나 꽃보다 예뻤었다고 하신다. 그 얼굴에 열여섯 살 각시가 보인다. 어린 내 손을 잡고 뚝방을 오르던 할머니도 그땐 고왔었겠다. 허리가 휘게 밭을 매고 새벽 장에 푸성귀를 내다 팔던 그때도 이렇게 파삭하진 않았겠다. 일복이 많아 평생 손에 물 마를 새 없이 일에 묻혀 사셨다. 아비 없는 자식들을 키우고 손주들까지 건사하느라 주름이 물고랑처럼 파였다.

갈바람에 꽃대 나부끼듯 치맛자락이 펄럭인다. 홑이불 같은 할매가 쓰러지실까 겁난다.

'이젠 사진도 안 찍을란다. 사람도 이래야지, 늙으면 쭈굴거리고 틀렸다' 억지로 꽃밭에 앉은 할매가 웃으신다. 옛날 젊으실 때 웃던 그 웃음이다. 꽃도 예쁘고 향기도 좋지만 그래도 꽃보다 할매, 할매가 더 곱다.

9

장수사진

　영정사진을 찍어야겠다는 아버지의 말씀을 귀담아 두지 않았다. 너희들을 볼 날이 얼마 남지 않았다는 말처럼 들려서 애써 못 들은 척했다. 지나고 보니 그때, 장성한 자식들을 앞에 두고 기쁘게 웃는 모습을 담아두지 못한 것을 두고두고 후회했다. 벽 한쪽 사진 속의 아버지는 쓸쓸하다. 큰맘 먹고 어머니의 사진을 찍어두려 했지만 말을 꺼내기가 여간 어려운 일이 아니다. 안 하던 짓을 하다가 무슨 일이 일어날지도 모른다는 불경스런 마음에 입도 떼지 못했다. 볼품없이 늙었다며 한사코 카메라를 거부하신다. 어렵게 찍은 어머니의 사진은 아버지만큼 쓸쓸하다.

　60이 반쯤 넘어갈 무렵 젊지도 너무 늙지도 않고 주름이 너무 깊이 파이지도 않았을 때 사진을 찍어야겠다. 오래 두고 볼 내 사진은 피붙이들을 바라보는 따스한 표정이었으면 좋겠다. 내려앉은 눈꺼풀이 측은해 보이지 않고 웃으랄 때 활짝 웃는 사진 한 장을 남겨 둬야겠다. 볼 적마다 자식들이 행복한 생각을 떠올린다면 더할 나위 없겠다. 사진에는 찍는 이의 마음이 담겨있다. 나를 속속들이 알고 손톱만큼 남은 이쁜 마음을 찾아낼 사진사를 찾아야겠다. 오래 살아 근심이 더 깊어지기 전에.

10

누이

누이의 친구는 교복을 입고 학교로 갔고 누이는 새벽에 다리 건너 제사 공장으로 출근했다. '공순이...'라고 부르는 동네 형들의 비아냥거림이 싫고 부끄러웠다. 그래도 공장엘 다니지 말라고 하지 못했다. 며칠 앞으로 월급날이 다가오면 가만히 있어도 웃음이 났다. 월급을 타는 날이면 동생을 데리고 동네 어귀까지 마중을 나갔다. 누군가 나타나 누이의 월급을 빼앗아 갈까 봐 걱정스러웠다. 어둑한 신작로 건너 잰걸음으로 집을 향해 걸어오는 누이의 발소리는 먼데 서도 알아차렸다. 어쩐지 신이 나서 누이 손을 붙들고 까불면서 집으로 왔다.

동네에 라면 공장이 들어서자 누이는 직장을 옮겼다. 제사공장에 다니던 누이 덕에 물리도록 번데기를 먹었던 우리는 그때부터 라면을 실컷 먹었다. 누이는 도시락을 가져가지 않았다. 점심으로 매일 라면을 먹는 누이가 세상에서 제일 부러웠다. 부자처럼 다락에는 실한 장정들이 실컷 먹도록 라면이 쌓여 있었다. 막내까지 군대 갈 무렵 나이 꽉 찬 누이가 시집을 갔다. 텅빈 방문을 열어보며 공연히 심통을 냈다. 누이의 빈자리를 채울 수 있는 것은 아무것도 없었다. 아직도 눈을 감으면 목덜미를 쓸어주며 반기던 누이의 눈웃음이 닿을 듯이 가깝다.

11

사랑의 기억에 대하여

아픈 어머니 앞에서 '죽음'은 입에 담을 말이 아니다. 될 수 있으면 그 얘기는 피해 갔다. 위암 수술한 지 2년, 몇 개월에 한 번씩 검사 결과를 보러 갈 때마다 천국과 지옥을 오갔다. "만약에 무슨 일이 있거든 절대 중환자실에 넣지 마라. 아버지 보니까 사는 거 보다 죽는 게 더 힘들더라. 구멍마다 호스를 끼고는 살고 싶지 않다, 그냥 편안하게 갈 수 있게 집에다 놔둬라. 제정신 있을 때 미리 얘기해놓는 거다." 느닷없이 꺼낸 말이라 적지 않게 낭황했었다.

잘 사는 것보다 잘 죽는 게 더 어렵다. 수년 전 남편을 먼저 보낸 어머니로선 부질없는 심폐소생술로 고통받던 아버지의 모습을 힘겨워하셨다. 죽음이 임박해서도 연명치료를 하느라 변변히 자식들과 얘기도 못 나누셨다. 시간이 지날수록 아버지를 지켜보는 것이 힘들어졌다. 겉으로는 내색하지 못했지만 감당할 수 없는 병원비와 간병비로 자식들의 심상도 삭막해졌다.

죽음 앞에서 사람이 할 수 있는 일이란 없다. 이별을 준비한다는 것은 두렵고 고통스럽다. 보고 싶을 때 한 번 더 보고 만나고 싶을 때 한 번 더 찾아가는 것이 내가 할 수 있는 일의 전부다. 몸에 따뜻한 피가 흐르고 있을 때 한 번 더 끌어안는 것이 사랑하는 사람을 행복하게 더 오래 기억할 수 있는 일이다.

12

새 신

하룻밤쯤은 머리맡에 둔 채 보고 싶었다. 흙 묻지 않은 새 운동화에 몇 번이고 끈을 갈아 끼워본다. 왼쪽과 오른쪽의 끈을 맞춰보고 신고 벗기를 몇 번. 땅에 첫발을 디디기 전까지 새 신은 방 안에 있었다. 신발이 방바닥을 딛는 소리는 듣기도 참 좋다. 밑창은 바닥에 붙을 때마다 '나는 새 신이요' 하듯이 기이지익 소리가 났다. 내일 저 신을 신고 학교에 갈 일이 꿈만 같았다. 머리맡에 세워 둔 신발로 자꾸 눈이 갔다. 운동화도 잠이 오지 않는지 밤새 물끄러미 나를 지켜봤다.

껑충! 마루에서 새 신을 신고 뛰어내렸다. 학교 가는 길, 며칠 동안 내린 비로 군데군데 웅덩이가 생겼다. 신발 때문에 도저히 갈 수 없는 길이다. 지름길을 두고 신작로를 지나는 먼 길을 돌아 학교로 갔다. 오래 걸어도 다리가 아프지 않은 날이다. 지나는 사람들이 모두 다 내 신을 쳐다보고 있으려니, 진열장 앞에서 내 모습을 훔쳐본다. 새 신 한 켤레면 한 달쯤은 누구도 부럽지 않았다.

신발장에 신지 않는 신발이 몇 켤레다. 발은 하난데 신발은 너무 많다. 철 따라 신발이 바뀌고 걸을 일 많지 않으니 몇 년을 신어도 떨어지지 않는다. 새 신을 신고 날듯한 기분이 사라진 지는 벌써 오래전이다. 낡아 버려진 게 신발뿐일까. 작은 것으로도 오래 행복했던 마음도 낡아버렸나 보다.

13

가난 때문에

그가 말했다. 아직도 휴대전화기에 형제들 사진을 갖고 다니느냐고. 형제간 도타운 정이 남았다는 것은 '가난하기 때문'이라고 했다. 사탕 한 알도 나눠 먹던 형제가 초가집 한 칸이라도 나눠야 할 일이 닥치면 욕심이 앞을 가려 있던 정도 사라진다고 했다. 가난하다는 것조차 모르고 살았던 것은 부모님이 가난을 드러내지 않았기 때문이다. 나눌 것이 없으니 다툴 일도 없고 다투지 않으니 피붙이에 대한 애틋한 마음이 남아있는 것이라고 했나.

부모님이 물려줄 재산이 없어 형제간의 정이 사라지지 않은 게 얼마나 다행인지 싶다. 재산이랄 것도 없는, 하꼬방 같은 집칸도 남겨주지 못한 것이 차라리 잘된 일인지도 모른다. 형제들을 남처럼, 아니 남보다도 못하게 '내 것을 네가 다 가졌다'며 미워하지 않아도 되니 말이다. 돈에 쪼들릴 때마다 괘씸한 생각에 미움을 곱씹지 않아도 될 것이다. 그래도 조금은 아쉽다. 나눌 재산이 없다는 것과 있어도 미움 없이 재산을 나눌 인품이 안 되는 것이 말이다.

14

깻잎

장마는 지루하고 길었다. 뒤란에 심어 둔 들깨는 하룻밤 자고 날 때마다
한 뼘씩 키가 자랐다. 깻잎, 음습한 장마 중에도 무성하게 이파리를 키워 밥
반찬이 됐다. 어머니는 밥상에 둘러앉은 고만고만한 자식들의 숟가락에 한
장씩 찐 깻잎을 올려주셨다. 푸성귀뿐인 여름 밥상에 깻잎만 한 반찬도 없
었다. 간장에 자끅자끅 생긴 깻잎을 매일 한 덤이씩 꺼냈다, 여름을 지내고
나면 덜어낸 깻잎만큼 우리들도 자랐다. 저 혼자 젓가락으로 얇은 깻잎을
떼어낼 수 있으면 다 컸다는 신호다.

셀 수 없이 많은 깻잎을 먹어 치웠듯 시간도 숱하게 지나버렸다. 더 달고
기름진 반찬에 입맛을 빼앗겼었다. 오래 잊고 살았던 거칠고 초라한 반찬들
이 생각난다. 깻잎, 묵은 지, 고구마 순, 고추장아찌…. 입맛은 나날이 영악
해져서 무얼 먹던 옛날 맛을 못 느낀다. 어쩌면 다시는 그 입맛을 되찾을 수
없을지도 모른다. 8월, 논 밭두렁으로 깻잎이 무성하다. 여름 지나는 자리, 살
오른 들깻잎으로 자꾸 눈길이 간다. 가을바람 한 줄기 흘낏 이파리를 흔든다.

15

슬기로운 명절 지내기

5인 이상 집합금지로 설날 가족 모임이 어려워졌다. 명절에 온 가족이 모이면 21명. 구순의 시어머니는 자식들이 다 모여 왁자지껄한 것을 명절 최대의 기쁨으로 아신다. 며느리들이 단체 대화방에서 가족회의를 열었다. 설 연휴 나흘 동안 어머니가 번갈아 자식들 집을 방문하는 것으로 결정했다. 세배받기 순례였나. 자식들이 모두 한 도시에 살고 있어 가능했던 일이다. 명절 전날 둘째네가 모셔갔다. 다섯 명이 훌쩍 넘었지만 그쯤은 눈감아줬다. 어린 증손녀들의 세배를 받고 절값도 두둑이, 덕담도 듬뿍 건네셨다. 작은아들과 딸 집을 차례로 방문하는 동안 큰형님은 모처럼 명절 스트레스에서 벗어났다. 음식도 조금씩 장만하고 세뱃돈도 줄었다.

코로나로 우리 가족은 새 풍경을 만들어냈다. 자식들이 하던 세배 순례가 어머니 몫이 됐다. 가뜩이나 움츠러들어 갈 곳 없던 어머니가 명절 내내 호사(?)를 누리셨다. 솜씨 자랑하는 며느리들 덕에 입 호강도 하셨다. 모이지 않는다고 섭섭해할 것도 아니다. 세상이 변하면서 조금씩 지혜롭게 적응해갔다. 3년 만에 일상이 제자리를 찾았어도 다시 쓴 설 풍속도가 더 좋다. 불만 없이 지냈던 슬기로운 명절이 그립다.

16

좋은 길

오래전 과수원이 있던 자리로 길이 났다. 과수원집 담과 동네 경계에 심어졌던 느티나무는 베어지지 않은 채 수십 년이 지났다. 나무를 자르기엔 덩치가 너무 커졌다. 오래 자라 정든 이웃 같아 함부로 잘라내기가 어려웠다. 여름마다 넓은 그늘을 내줘 아침부터 늦도록 사람들의 발길이 이어졌다. 함께 오래 있어 나무가 거기 있음에도 나무의 존재를 까맣게 잊곤 했다. 나무가 자라는 터는 해마다 넓어졌다. 이파리가 바람에 나부끼며 잎을 떨구는 반경이 모두 나무의 것이었다.

도심은 점점 커졌고 나무도 나날이 우렁찼다. 길을 넓히면서 나무는 졸지에 설 땅이 모호해지고 말았다. 아파트 부지를 비끼고 단독주택에 살아온 동네 사람들이 나무를 보전하기로 했다. 나무 아래 평상을 치우고 길과 나무 사이에 야트막한 울타리를 쳤다. 나무도 제 몫의 땅을 갖게 됐다. 길은 거기서 휘어지며 둥글게 났다. 자동차들은 속도를 줄이고 휘어진 길을 불편해하지 않았다. 좋은 길이란 그런 길이 아닐까?

17

코다리

난바다를 누비던 명태의 기상이 간데없다. 햇살아래 말라가며 명태는 아직도 바닷길을 헤아리고 있나보다. 양념에 버무리려다 두 눈 부릅뜨고 쏘아보는 명태의 기세에 눌렸다. 제대로 마르지도 못하고 얼어버린 놈들을 빨랫줄에 널었다. 김치에 버무려져 한 철 삭고 나니 코다리는 자취도 없다. 그놈이 삭지 않았다면 김장에 감칠맛도 없었겠다.

늙지도 않고 젊지도 못했던 50대, 나잇값 못하고 방자했던 그 무렵의 나는 날것도 아니고 마르지도 못했던 코다리 같았었다. 대책 없이 먹은 나이가 부끄럽다. 사람도 곰삭았을 세월에 아직도 삭지 못한 욕심이 삐죽이 고개를 든다.

18

낙서

재개발이 예정된 골목길에서 낯익은 풍경과 만났다. 오래전 마주했던 담벼락 낙서다. 그때, 아이들의 낙서판은 남루한 골목 담벼락이거나 학교 화장실 문짝이었다. 공부도 잘하고 예뻤던 명숙이가 단골로 등장했다. 소문은 거기서부터 시작돼 '얼레리꼴레리'로 이야깃거리가 됐다. 남세스러운 소문에 한동안 바깥 출입을 못했다. 진위가 가려지지 않은 채 골목을 떠돌던 소문들은 새로운 낙서가 덧씌워져야 사라졌다.

저 하고 싶은 얘기를 갈겨 써놓고 달아나자니 문장도 필체도 조악하기 그지없다. 담벼락에 낙서하는 어른들은 없었다. 먹고살기 바쁘기도 했으나 낙서하다가 들켜 체면을 구길 일은 더더구나 없었다. 그곳은 그저 풍족하지 못한 놀이터를 대신할 아이들의 공간이었다.

매끈하게 단장한 호랑이 할머니네 담벼락은 갖가지 낙서로 얼룩졌다. 코앞까지 할머니가 와도 제가 쓸 말은 다 쓰고 달아났다. 작대기를 들고 숨어 기다렸다가 아이들을 붙잡아 혼쭐을 냈다. 원한(?)을 산 어떤 녀석이 제 똥을 작대기에 묻혀 할머니네 부뚜막에 올려놨다는 뒷얘기가 입에 오르내렸다. 어른들과 아이들의 실랑이도 시들할 무렵 애들은 자라 동네를 떠났다. 그 모든 낙서들이 사실이었을지 검증할 방법은 없었다. 낙서는 그저 낙서일 뿐이다.

19

옛친구

여름 한 철, 피었다가 지는 꽃들이 마당에 가득하다. 채송화가 화단 가장 자리를 차지했다. 화려하지도 훤칠하지도 못해 눈에 잘 띄지 않았다. 채송화 같은 친구가 왔다. 떠난 지 24년. 구순의 노모가 언제 다시 한국 땅을 밟겠느냐며 비행기를 탔다. 먼데 사는 친구들도 시간을 냈다. 서먹할 사이도 없이 우린 그 긴 세월을 뛰어넘었다. 서로의 나이 듦을 바라보면서 남아있는 옛 모습들을 찾아냈다. 목소리와 눈빛과 여전히 넉넉한 마음 씀씀이를 확인하며 나이를 잊었다. 공통의 대화는 20여 년 전으로 훌쩍 넘어갔다. 인편에 들었던 소식들을 확인하며 안부를 물었다. 피차간에 먹고 사느라 고생스러웠던 얘기들은 접어뒀다. 우리 모두 사람 사는 비슷한 아픔들을 갖고 있으므로.

소식이 뜸하던 때 지쳐 병들었던 친구를 챙기지 못했다. 자매를 잃고 시름에 빠졌던 친구의 아픔을 미처 헤아리지 못했었다. 마음 한구석에 짐처럼 남아있는 미안함은 어떤 말로도 덜어지지 않았다. 오래전 체육 시간, "헤쳐 모여~!" 와르르 아이들이 흩어졌다가 촘촘하게 다시 모였다. 그때처럼 흩어졌다 다시 모였으나 이제 흩어져야 할 시간이다. 장마가 휩쓸고 지나간 화단에 여전히 채송화가 피어있다.

20

새끼

마당을 오가던 들고양이가 새끼 세 마리를 낳았다. 정을 붙이지 않을 요량으로 이름도 짓지 않고 집도 지어주지 않았다. 동네에 고양이가 늘어 밥을 주지 않다가 새끼를 가져 하는 수 없이 사료를 주기 시작했다. 어느 날 사람 손이 닿지 않는 곳에 어미 고양이가 몸을 풀었다. 새끼를 키우느라 바싹 마른 몰골이 안타까워 다시 사료를 샀다. 한 달도 넘게 새끼 구경을 안시켜주더니 수돗가로 나들이를 나왔다. 솜털이 보송보송한 아기 고양이들이 어미 뒤를 따라다녔다.

사료를 담아 놓으면 새끼들이 먼저 달려들었다. 어미는 먹기에 열중한 새끼들을 지키느라 고개를 곧추세우고 망을 봤다. 마른 논에 물 들어가는 것과 새끼 입에 밥 들어가는 게 세상 보기 좋은 모습 중 하나라더니 .... 지그시 지켜보는 모성이 눈물겹다. 새끼들이 배가 불러 밥그릇을 떠나면 그제야 남은 사료를 먹었다. 신문에서 세 살짜리 제 새끼를 놔두고 남자친구와 열흘 동안 여행을 간 어미 얘기를 읽었다. 고양이만도 못한, 짐승만도 못하단 말이 그래서 나왔나보다. 굶어 죽은 아가가 불쌍해 자꾸 눈물이 났다.

21

내 꿈은 종군기자

헤밍웨이의 소설을 한창 읽던 때였다. 나의 장래희망은 종군기자였다. 필름을 갈아 끼우는 것조차 얼마나 멋지게 상상이 되던지.... 영화를 많이 본 탓이다. 총탄이 빗발치는 전장에서 카메라에 의존해 다닌다는 것은 총알받이를 자청하는 것과 같다. 영화 속에서 살아남았던 주인공처럼 총알도 나를 피해가리라 믿었다. 종군기자는 아니있으나 기자기 되고픈 꿈은 이뤘다.

전쟁 없는 땅에서 기자로 십 수 년을 살았다. 오래지 않아 총칼만 없었을 뿐 세상이 전쟁터임을 실감했다. 포화 속은 아니었어도 세상은 전쟁터였다. 용맹스럽게 카메라를 꺼내 들고 전장의 한복판에 뛰어들지 못했다. 그 전장에서 내 안의 나약함을 이겨내지 못했다. 피 흘림 없어도 삼엄함에 주눅 들고 참혹함에 몸을 떨었다. 종군기자가 되고팠던 그 꿈을 비로소 접었다.

낯선 땅, 힘겹게 싹을 낸 꽃 앞에서 고향을 본 듯 마음이 들떠 눈시울이 뜨거워졌다고 했다. 그 땅에 친구는 고향을 심었다. 자람의 기억과 조각보처럼 나누어진 추억들을 심었다. 추억에도 싹이 돋을까?